shijie hen wuliao,
yinni er youqu

世界很无聊，因你而有趣

两色风景 | 著

青岛出版社
QINGDAO PUBLISHING HOUSE

图书在版编目（C I P）数据

世界很无聊，因你而有趣 / 两色风景著. -- 青岛 :
青岛出版社，2017.3
ISBN 978-7-5552-3977-2
Ⅰ. ①世… Ⅱ. ①两… Ⅲ. ①散文集－中国－当代
Ⅳ. ①I267

中国版本图书馆CIP数据核字(2017)第099987号

书　　名　世界很无聊，因你而有趣
著　　者　两色风景
出版发行　青岛出版社
社　　址　青岛市海尔路182号（266061）
本社网址　http://www.qdpub.com
邮购电话　010-85787680-8015　13335059110
　　　　　0532-85814750（传真）　0532-68068026
责任编辑　那　耘
责任校对　张　旭
特约编辑　崔　悦
装帧设计　千　千　李红艳
印　　刷　三河市航远印刷有限公司
出版日期　2017年3月第1版　2017年3月第1次印刷
开　　本　32开（880mm×1230mm）
印　　张　9.5
字　　数　150千
书　　号　ISBN 978-7-5552-3977-2
定　　价　39.80元

编校印装质量、盗版监督服务电话　4006532017　0532-68068638
建议陈列类别：畅销·青春

目录

CONTENTS

第一章 恰同学幼年

第二章 我出去玩了

目录

CONTENTS

第三章 一段一段快乐忧伤

如今这里荒草丛生没有了鲜花

好在曾经拥有你们的春秋和冬夏

我们只能活一次

要尽可能去美丽的地方看一看

童趣让世界更可爱

一口咬掉龙猫脑袋的我这么想

世界很无聊，因你而有趣

WORD

别嫌自己丑，趁年轻多拍拍照吧

老了可以拿出来看看

提醒自己现在不但丑，还老

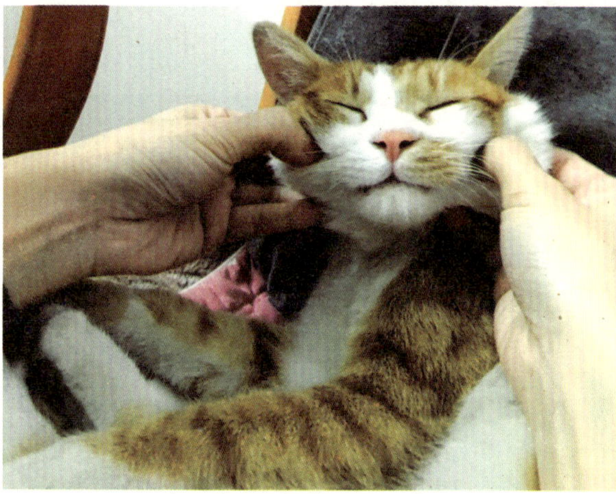

能喵走丢了

又来了一只虎摸

希望我们能彼此陪伴久一点

熊被单熊枕头熊靠垫

今年是熊年

任何一种生活方式

都是愿者上钩

我如园丁

旅途是我的花园

不停地拔草，然后种下更多草

大理的冬樱

美得让人

想吃冬阴功

看啊

一天又这样过去了

第一章

恰同学幼年

WORD

世界很无聊，因你而有趣

擦亮心灵的窗玻璃

○
●
○

“做完激光手术，我终于彻底告别了近视，接下来只需要再去买条导盲犬就好了。”

鉴于以上这条笑话，我对激光治疗一直是持观望态度的。

我的朋友圈里也只有一位叫“烂操”的大学同学做过激光手术，并且真的好了。虽然很有吸引力，但我却从未想过步其后尘。

我是小学的暑假开始近视的，初中开始戴眼镜，大学开始戴隐形眼镜。

在我的记忆中，近视是一下子就有的。随着暑假结束的日子越来越近，我看东西的距离也越来越近。

那个暑假我买到一套盗版的《哆啦A梦·大长篇》，因为太好看，我看了无数遍，到最后都会背了，而在那个暑假之前，我每天吃完饭后的第一件事就是看漫画。

我家的书柜与书桌之间有一道夹缝，我就缩在那个夹缝里，靠着墙壁，头顶是一扇窗户，光线有限，堪称现代版凿壁偷光、夹缝中求生存。在这样的条件下，我日复一日如饥似渴地看漫画，眼睛不坏都没天理。

近视之后的困扰就是看不清黑板。

那个时候班上还蛮多人近视的，虽然还只是小学生，但大家有一个共识，都认为戴眼镜不美，所以班上很多人能不戴眼镜就不戴。

可老师总是要写板书的，常常就会看到一堆同学眯缝起眼睛盯着她，一种把人看扁了的感觉。

还有很多同学会举手说："老师，把字写大一点好吗？"

也有些人比较独立自强，他们努力锻炼自己的听力和记忆力，因为一般老师会边板书边把内容念出来，这个时候就要加紧做笔记，让其他感官代替双眼工作。

上课的板书困扰有办法补救，比较烦人的还是定期的体检。

不少眼睛近视的同学为了逃避戴眼镜，处心积虑地背诵视力表，比背课文都勤快，就为了做到无论医生指哪儿自己都能脱口而出，可不幸的是，到了测视力的时候，这些同学连医生的手指落在哪儿都看不清！

我所在的小学虽不至于乱收费，但时不时还是会发生老师客串推销员的现象，还好，不至于强买强卖。

因为视力人人关心，所以许多跟眼睛相关的产品会被介绍给我们。

比如有一种台灯，只要写作业时头太低它就会叫：端正坐姿，当心近视！你就会吓得赶紧把头抬起来。

这东西大受欢迎，但是坏得极快，忽然某一天，它就一直单曲循环"端正坐姿，当心近视"，我无论怎么端正它还在嚷嚷，桌子前都没人了它还在嚷嚷，最后被扔进了垃圾桶。

另一样护眼产品是按摩眼罩，萝卜黄色，厚重肥大，挖了俩洞让你看东西，按下开关它会按摩双眼，减缓疲劳。

说明书上说这能预防近视。也许是真的，但是大家更在意的还是恢复视力。

于是终极神器出来了，叫什么东方神镜。整个儿就是一雪地护目镜或者飞行员的风镜，戴起来威风凛凛，杀气腾腾。

这东西是利用电流刺激穴位的原理来恢复视力，使用的时候要先把水滴在眼睛周围，然后戴上它，微弱的电流就会刺激眼睛，感到酸麻……

想想真有种啊，这种三无产品，还是直接拿电虐眼睛的，一不留神真瞎了怎么办？我们居然敢乱用！

用的时候还很痛苦，因为必须一动不动地坐着，不可能边复健边看书写作业。

百无聊赖之下，我只好通过教妹妹讲普通话、背单词、数数等打发时间。想想也是很温馨的时光，虽然，视力终究没有改善。

还有一款比较轻便的改善视力道具，同样有着奇妙的外形：它完全就是一副眼镜，但是上半片处理成黑的，宛如墨镜，下半片则模模糊糊，如同毛玻璃。墨镜部分钻了几个小孔，嵌入大概一两百度近视的镜片。据说是利用什么云雾反差法来改善视力。

这款产品可以戴着看电视、看书、写作业，学习治疗两不误。可惜更多人贪恋的仍是它的上半部分——有度数，既能当眼镜用，又能理直气壮告诉别人：我没戴眼镜，我只是在治疗近视。

这款产品我倒是没用过，妹妹后来也近视了，对其依赖不已，直至近视加深到不再是几个小孔能够应付，更不可能戴这种眼镜上街时，才配的眼镜。

不戴眼镜就要爱护眼睛：常看远方和绿色，常做眼保健操等。

小学时有两种流动的头衔，分别是值日班长和执勤委员。执勤委员要戴着袖章，站在校门口检查学生戴没戴红领巾，还要在放学后一个个教室看，检查卫生做干净没有。值日班长则是带大家早读，以及做眼保健操的时候走来走去，看谁没做。

这两种职业的共通之处就是都要记名字、打小报告，都不太高尚。

男生最淘气了，经常做着做着就把眼睛睁开，或深情对望，或挤眉弄眼。值日班长转头的时候，他们又赶紧闭眼。

有一次，眼保健操的音乐是在考试时响起的，不少人趁着邻座闭上眼睛的电光石火之间，抄袭试卷，老师发现后，愤而定下了考试期间暂停眼保健操的规定。

也曾发生过这样的事：

某个女孩跟值日班长举报，“××没有闭眼睛！”结果值日班长明察秋毫，威严地问：“你是怎么看到的？！”

有些值日班长老谋深算，会站在某个淘气鬼面前，屏住呼吸，守株待兔，终于等到他睁开眼睛，大笑，“哈哈……被我逮到了吧！”然后，记个正着。

如果值日班长能不这么无聊，而是把握这个全民闭眼的时间猛看自己喜欢的人，那该多浪漫啊！

但我是愿意做眼操的，开始觉得眼睛不好之后，更是兢兢业业，遇到我当值日班长而不必做操时，反而很郁闷，有次干脆站在讲台上做完了操，反正没人看得见……

逃避戴眼镜生涯的最高峰，是班上有一个同学的眼镜摔碎了。好多近视党机智地拥上去，以收拾残局的名义拿走了眼镜的碎片。

闭起一只眼睛，将另一只瞪起来，就能透过那拇指大小的镜片看清黑板了！这一度成为近视党的福音，虽然度数未必匹配，但肯定比裸眼来得清晰啊！

于是常常，老师板书写到一半回过头，会看到一群同学举着个破镜片瞄准自己，其心情想必难以言喻。

有需求就有市场。

学校附近的文具店想人之所想，推出了一种不用戴的眼镜，很简单，就是把眼镜做成放大镜的样子，弄个手柄握着。

于是老师再回过头，看到的就是一群举着放大镜研究他的学生，其心情想必是非常不舒服的。

阳光灿烂的日子，这种高举放大镜的行为还会让老师错觉背后焦灼不已吧？

我没有买过放大镜，因为碎片对我而言够用了。不少同学也跟我一样。

镜片的出现耽误了我们及时配镜，渐渐的视力越发不好了，镜片度数亟须升级。后来又有个同学的眼镜摔碎了，她心疼得快哭起来时，周围的同学几乎是欢呼雀跃着冲上去的，但是检视完一地碎片后又很失望，因为度数太低了。

终于，数学老师对我们的行为忍无可忍了，她甚至把一些人成绩的退步与近视不配镜联系起来，对我们进行了严厉批评。那之后，这种现象虽然没有绝迹，但大家都有所收敛。需要使用镜片时都像做贼一样，看一下，紧急收起，提前锻炼了作弊的技术。

很长一段时间里，那块眼镜碎片都躺在我的文具盒里，作为文具的一部分而存在，直到上了初中才终于舍得丢弃。

关于眼镜，还有一段不堪回首的记忆。

班上经常会发生地壳运动。教室里纵向共有四列，每两个星期交替一次，第一列变成第二列，第三列变成第四列……此外老师还会根据同学们的调皮程度和成绩来换座位。

四年级，我跟一位绰号“老鼠”的女同学坐同桌。

老鼠姓倪，因为倪这个字的右半边是个繁体的“儿”，所以她一向都把这个字写成单人旁加一个简体的“儿”。老师竟看不出是错的，我们全班也都误会，以为倪就是这么写的。

而她之所以会被称为老鼠，是因为她的眼睛和脸型都比较细长，而且她又是我们班上最高的一个，经常不自觉地弯腰，久而久之就有些驼背，更显卑琐。

老鼠跟她的哥哥和妈妈长得很像，一看就是亲生的那种像。她妈妈是菜市场卖鱼的，未来兄妹俩继承了衣钵，那是后话。

小孩子的残忍在于会排挤人，并且是本能地排挤其貌不扬的人，而老鼠除了长相差之外，成绩和性格也差，遂成为班级公敌。

那时候班上受排挤的人除了老鼠，还有因留级来到我们班的“大纯洁”，负责分点心那位。率众排挤她的，就是与她同名的野蛮女生“小纯洁”。

还有一个受排挤的人叫“傻蛋”，他是大纯洁的弟弟，智力有缺陷，唯一的存在感就是流着口水傻笑。

还有一个人叫高米拉，他入学很晚，比我们大三四岁，胡子喉结一个不少，为广大熊孩所不齿。

老鼠、大纯洁、傻蛋、高米拉，成为我们班不受欢迎的“四大天王”。基本上成绩不好、流里流气的同学就会受主流排挤，可他们好歹能拉帮结伙，不至寂寞，而“四大天王”却是连差生都不屑与之为伍，堪称排挤中的排挤。

他们并未因此同病相怜地组成“复仇者联盟”，相反，他们彼此也互相看不顺眼，各自孤独地反抗着世界。

其实排挤现象在任何年龄层都存在，但是小学生的道德感尚未成熟，没心没肺起来就分外残忍，这大概就是为什么犬木加奈子、楳图一雄等老牌漫画家喜欢画小学生黑化的恐怖作品的原因吧。

我与老鼠坐同桌的日子极度不愉快，那时的我是一个自以为是的尖子生，有各种臭毛病，所以我们不是吵架就是互不理睬，三八线什么的更是必须画的。

有一天，老鼠发现她的眼镜摔破了，她认定是我干的，就跑去向老师告状。

这位老师叫“三菱”，是我们全班的噩梦。整个四年级，她把全班同学一个不漏地骂了个遍。老鼠联合她的姐妹指证我，三菱就在教室里对我进行审判。

当时的情况对我非常不利，再加上平常我与老鼠的关系又不和睦，脏水一盆又一盆泼向我，那是我小学时最狼狈的一天。

最后我委屈地哭了，我到现在都还记得三菱落井下石地说：“你少给我来这套……”还记得一个女生帮我说话，“××是不会做这种事的，老鼠太过分了……”

这事情最后不了了之，我如蒙大赦地回到家，不料事情并没有结束。当天晚上我洗完澡正要出浴室的时候，听到有客人来访。万万没想到，来人竟然是老鼠与她的父亲！他们气势汹汹地杀上门，就是为那副阵亡的眼镜讨一个公道。

我在浴室里听着那些一面之词，想我父母应该是不会相信的，但我不敢出去对质，我被他们的气势吓到了，只能包着浴巾祈祷他们快点离去。

后来他们终于走了，我也终于走出浴室。老爹显然被这种惊动左邻右舍的讨债气氛弄得相当尴尬，劈头就质问我为什么做那种事情！

我分辩了几句，结果越说越是茫然，我竟然不确定自己是不是真没有做过，老鼠是不是纯粹栽赃我，还是说我不小心把眼镜碰掉了自己都没发现？

我这边不确定，人家那边却很确定，老爹就更生气了，而我那时还不知死活地跟他顶嘴。这件事情最后的结果是我当晚被老爹痛打了一顿，第二天我带着钱去赔给老鼠。

经过这件事，我们两人的矛盾更加水深火热，直到座位分开了之后才有所缓解，这是我小学最悲愤的回忆之一。

后来同学会上有人说起这个事情，大家都很感慨。

好朋友菲菲拍着我的肩膀安慰道：“你俩怎么没在一起啊？小学时候双方家长都见过面了……”

我用眼神回敬了菲菲的调侃。

到了六年级，我迷上了一套《BOY圣子到》的漫画，但是我们那个小地方买书不易，续集更是难求。一次带书来到班上，老鼠看到后轻描淡写地说：“哦……这个啊，我知道哪里有卖的……”

自那次风波后，这是我和老鼠的第一次对话。

我已经没那么恨她，但也没有接触的必要，虽然同在一个班级，但彼此形同陌路。不过，对漫画的喜爱让我放下了仇恨与节操，央求她带我去那家店，而老鼠却百般推托。

我不依不饶地反复纠缠，渐渐开始怀疑这家伙是不是在耍我。

一起跟我讲相声的那位番茄君曾经就耍弄过我。那时候我特别喜欢阿童木的漫画，他就跟我吹嘘说知道哪里有卖，后来不能忍受我的骚扰，就给出了一个离谱地点，那一带只有化工厂，而我居然辗转拜托到某位亲戚的同事前去购买，结果当然是没买到。

是啊，连朋友都耍过你，怎么能轻信敌人呢？想到这里，我对老鼠的恨意就更深了一层。

没想到有一天晚上，老鼠忽然给我电话，说要带我去那家店。

我喜不自禁地同意了，对她的一切猜疑也烟消云散，气氛朝着化敌为友的方向狂奔不止。

同行的除了老鼠，还有个叫珠的女孩，就是眼镜事件的目击证人，我跟她们一起走了不短的一段路。

那天晚上下着不小的雨，道路泥泞，过程曲折。

然而最后，我们并没有买到书，转了一大圈之后，老鼠疑惑地表示也许她记错地方了，也许店关了，总之她爱莫能助，我也只能失望而归。

我不知道老鼠说的是不是实话，抑或那晚不过是她的一个圆谎举动，但是，想到她和珠踩着泥泞淋着雨跟我走了那么久，想到那段每一步都仿佛走在希望上的夜路，我好像没那么讨厌她了。

记某年难忘的春节时光

回忆了一下自己小时候是怎么过年的，最重要的当然还是玩烟花爆竹啦！

有一种简易烟花，火柴盒大小，打开来是一堆拇指大小的小炮仗，导火索被拧在一起，需要小心地一个个解开来，然后拿一根香点着。点燃之后，烟花就会哧溜溜喷火飞旋，有光有声。看着眼前的烟火，孩子的内心充满了简单粗暴的酷炫意识。

这种烟花还有种奢侈的玩法，就是不把它们一个个解开，而是一打开包装就直接拿香去点那拧成一股的导火索，相当于同时点燃了十几个小炮仗，它们会在一瞬间集体奓毛，灰飞烟灭，那种群魔乱舞的排场给人一种挥金如土的快感。虽然这种玩法很奢侈，很浪费，但这样的排场也很迷人，所以每年我们都会这么玩一两次。

烟花之外，男孩子通常都喜欢玩鞭炮。有的是放在地上，拿香去点；有的则干脆拿在手上，临近爆炸时才丢出去，简直就是用生命在装逼。我一直都不喜欢鞭炮，觉得只是很响而已，缺乏美感。而且我觉得光是丢摔炮引爆不过瘾，于是——

在爷爷的鞋子里塞一个，在奶奶的缝纫机踏板上搁一个，在某个亲戚坐上椅子的瞬间放进一个……

多么暴力的趣味啊！好在摔炮是必须受到一定冲击力才能爆炸的，因此上述地雷都没能引爆。尤其是椅子上的那个，竟然被该亲戚巧夺天工的臀部构造完全化解，太令人失望了。

小时候，还流行过一种擦炮，把它像火柴一样在盒子上一擦，立刻就会点燃，威力不小。我们喜欢把它塞在蜂窝煤或瓶瓶罐罐里，或者埋在土里，总之，力争使得每次爆炸都能伴随各种东西的破碎飞溅，增加视觉效果。当发现这东西丢进水里都能炸出小水花后，我们更是乐此不疲。

丧尽天良的一次玩法是，我们抓了一只螳螂，把它跟擦炮绑在一起，然后……

擦炮太凶残，渐渐街上就没得卖了，鞭炮也针对熊孩子们进行了管制，毕竟太危险了，不安全。不过，烟花却是长盛不衰的，小型烟花孩子们随时可以玩，大型烟花有统一的燃放时刻，基本是年夜饭之后。

那时候住在村子里，吃完年夜饭孩子们都会到家门口放烟花。村子构造简单，一条长路，两边是房屋。某个时间，会有跳大神的队伍游行而过，孩子或大人套着木头塑像，通过塑像的嘴巴看世界。在我的印象里，那样的景象比较骇人。

跳大神队伍来之前，我们会放烟花，比较有钱的人家会不断地将体积巨大的烟花放在路中央，点燃之后，就跟神舟飞船升空一样万众瞩目，夜空中五颜六色的花朵引来阵阵欢呼与仰望。当然也不乏一些受欢迎的小型烟花，虽然没那么声势浩大，却一样能带来赏心悦目的火树银花。

孩子们最喜欢玩的、普及度最高的，是一种点着之后会从头部一次又一次地射出璀璨火花的棍状烟花。小时候的我们都非常喜欢孙悟空，举起棍状烟花，感觉就像大圣放大招一样，太帅了。

每到此时，大人就会警告我们，不许将棍子对着人喷，很危险，要朝天。

我老家的房子地理位置很奇特，对面是一个大型公厕，基本上我们家的人每年都会拿着棍状烟花冲着公厕开炮。

儿时的我，曾经折了很多纸飞机，点着火，对着公厕掷出，有时候里面有人正在方便，看到靠天花板的窗户突然飞入一只只燃烧的飞机，惨叫声在公厕内久久回荡，引人遐思。

现在回想，如果当时那个公厕里积聚了足够多的沼气，很有可能引起大爆炸，而当时正在里面方便的人，将以一种遗臭万年、家人在葬礼上说起都会忍不住笑场的死法告别这个世界。真是万幸，没搞出这种事啊！

在我小学二三年级的时候，我们家从村子里搬到了镇上，住进了单元房。有一年，政府禁止燃放烟花，但是我年轻的爹却觉得大年夜不放烟花不算过年，遂逆流而上，铤而走险，想着周围都是高楼，就算警察来了也无法锁定作案对象，便买了不少烟花。

大年三十刚过12点，老爹一个人在阳台上放烟花放得不亦乐乎，而周围民居只放鞭炮，老爹当时肯定觉得自己特像鹤立鸡群的上帝。

警察还是很勤快的，大年夜也不闲着，他们捕捉到了我爹过于高调的动静，顺藤摸瓜地就找来了。

当家门被敲响，独自在客厅看春晚的我起身开门之后，不速之客问我家大人是否在家，我说："在呀，他在阳台放烟花呢！"

因为我的引狼入室，被人赃俱获的老爹顺利地被罚了款。

很多年过去了，一家人吃团圆饭的时候，我的大义灭亲仍旧是大家的谈资。

没有课间餐的课间跟太平间有什么区别？

○
●
○

1

所谓点心，其实应该叫课间餐，但我们都习惯叫点心，大概就是小学时每天上午第二节课后会吃的一些东西。

虽然再过一个多小时就是回家吃饭的时间了，但是我们的胃口丝毫不受影响，这或许就是发育期的神奇吧！

现在的小学生不知道还有没有吃点心的传统，又或者都是自己带自己买，也许吃的比较卫生、高级。

反正，那时的我们完全是屌丝路线。

点心桶必须要两个值日生去提，煮点心的地方位于高处，要走长长的台阶上去。

满满一大桶的点心，热气横溢，齐着桶沿的热汤稍微一晃就会溅出来，如果谁的腿不小心靠了上去，保准烫得哭爹喊娘。

即使这样远，这样烫，学校仍然要求两个只比桶高一半的小学生去提，真是法西斯的教育方式。

奇迹的是，似乎从没听说谁打翻点心桶被烫伤过——当然，打翻点心桶是有的。不过，如果发生了打翻点心桶的状况，大难不死的值日生回到班上，势必会面对一群如饥似渴的小吃货的责备。

那时候班上有个同学，我们叫他“海鸥”，他妈妈就是在学校食堂煮点心的，这给他带来了许多困扰。

比如，我们哪天吃到不满意的点心了，就会吐槽他妈妈学艺不精，搞得他很尴尬，回家就不得不“为民请命”，但可能是他妈妈颇有个性或者真的能力有限，我们在他面前的吐槽没起到任何作用，至于“下次让你妈做牛排”之类的点餐提议则更不可能。

海鸥的不幸，还在于万一哪天提点心的值日生撂挑子了，大家总会理所当然地对他说：“你去你妈妈那里提点心吧！”

我能感觉到，每每此时，海鸥肯定特别想和他妈断绝母子关系吧！

提点心跟出名一样，是要趁早的，否则不是没空吃就是都凉了。早去提的人还有选择的余地，比如拿大勺子在别的班的桶里打捞点儿肥水，倒进自家田里等，其乐无穷。

2

提点心是“你方唱罢我登场”的轮班工作，分点心则不然。

那时候班上有一个留级的女生，比我们大两岁，她被委任为本班唯一指定点心官。

凳子一摆，人往那儿一坐，眼前是桶，手中是勺，面对眼前的大排长龙却面不改色，这估计是点心官童年的人生巅峰了。

分点心时候的她就像春运时期的售票员一样，得罪不得。

点心官的模样比我们老成，我们总觉得她心里是瞧不起我们这帮幼稚小鬼的，正如我们瞧不起留级的她一样，仿佛她来到我们班就是发配边疆，充军服役。

小鬼最可恨的就是会排挤人，而分点心则是她施行报复的时候，方法也很简单：你要是跟我比较好，我就多盛给你一些；你跟我不好，我就少盛给你一些；那条肉丝我给他不给你……

而且她还有权训斥那些插队的、不遵守秩序的，被骂者无不服帖，也无人反抗，因为还有点心在前面等着。

时过境迁，点心官早已经转变画风。

最后一次得到她的消息，据说是在某洗头房从事特殊行业。知道了这件事后，大家都沉默了，然后有个家伙叹了口气说：“我们唯一能帮她的，也只有经常去光顾了。”

总感觉有哪里不对……

3

继续说点心吧！那时候的点心分两类，干的和湿的，每周两次干点心，三次湿点心。

印象里，干点心有面包、蛋糕、馒头、马耳朵……它们的共同点是充满了廉价感。吃干点心意味着当天有体育课，因为一肚子汤汤水水肯定不便于锻炼。湿点心则有粉干、米粉、饺子、鱼丸、咸粥等，连汤带水，感觉比干点心高档许多。

那时候我不如现在这么喜欢吃饺子，而且点心里的饺子多数是煮过头的，掀开盖子只见一整桶的“碎尸万段”，皮和馅儿傻傻分不清楚，偶尔捞出一只完整的，会有种祖坟长草的庆幸感。

那时候我也不敢吃鱼丸，但是爱惜粮食的美德已经深入人心，所以绝不会倒掉，有时拿去请客，有时带回家给爹妈加餐，而爹妈总是一边夸我懂事，一边倒掉。

后来我觉得应该克服一下，就尝试吃了一点儿。

其实福州这个地方的鱼丸还是很棒的，外壳弹牙，咬下去的时候咸甜的肉汁在口中扩散。但是小学的点心素来以“物丑价廉”著称，鱼丸又怎么可能那么好吃呢？

于是第一次吃鱼丸的时候，我选择了一口闷，用吞的，结果那只鱼丸堵在了我的喉咙口，上不去下不来，噎得我直翻白眼，恨不能就这么去了，好在最后还是吞了下去。当时我很清晰地感受到喉道里响起嗵的一声，随后觉得整个世界都豁然开朗了。

经此一事，我对鱼丸更是敬而远之，直到很久之后，对鱼丸的恐惧才有所缓解。

面条类的点心，里面通常都是菜，很少有荤腥。有时候吃着吃着，会听到某个幸运儿的尖叫：“我这碗有肉！”听见这样的话，全班的目光都会云集过去。只见那人兴奋地将那条细肉丝高高举起，喜悦和自豪难以形容。后来，我在《武状元苏乞儿》里看到跟肉丝有关的一幕，不禁产生了一种非常辛酸的亲切感。

有段时间，班上流行起自带方便面的调料包。清汤寡水里撒上一点，顿时蓬荜生辉，回味无穷。一包调料能够供多人使用，带调料包的同学凭借这种济世为怀的精神，能在短时间内收获惊人的人缘。

为了不在优越感的比拼中落伍，我很勤快地拆起了家里的方便面，盗取里面的调料包。作案手法之粗糙，曾让我妈一度以为那是老鼠的杰作，还好奇为什么它们专偷调料包……

4

吃不吃点心没有硬性规定，一些家境不好的同学就没交这份钱。但这样一来，当其他人吃得稀里哗啦的时候他们就难免要咽口水，有些同学就会问出“你吃不完吗？我帮你吃吧”这样的问题，而付了钱的同学也的确未必能吃完。

有些同学特别执着，不愿半途而废，所以有时第三节课的时候，老师在上面讲着课，会听到下面传来哧溜哧溜的吸面声，然后就可以揪出一个缩在抽屉里吃面的同学。也有同学的妈妈中午不在家，他懒得去外面吃，就索性打包一些点心回家当午餐，不过有时候打包技术不好，就会洒得乱七八糟。

每次点心分完一轮后，如果还有剩余，老师会鼓励那些看着就比较能吃的家伙再接再厉，而他们通常也却之不恭，吃到上课时还在不停打嗝。偶尔点心的质量超水平呈现，看着就十分吸引人的时候，老师也会兴冲冲地拿来碗筷，一起享受。

5

我们那时候吃点心多数是用杯子加勺子，也有人用碗筷，每个人的老妈都会缝一个布兜，用来装这些餐具。

那些年，忘记带餐具的人永远存在，每当这个时候，他们就不得不问要好的同学：“我今天跟你一起吃，好不好？”

通常大家都是乐意的，只是有一个不成文的规定：借东西的人要负责排队领点心，然后恭恭敬敬地呈给被借者，等人家吃完了，你才能去装自己的那份儿，吃完还得负责洗干净归还。

吃完点心之后，有些同学会把餐具洗干净再带回家，而更多人尤其是男生总是担心妈妈在家无聊，便故意不洗，带回家给她消遣。

说到洗餐具，就不能不提值日生的一个噩梦——提点心的同学还要负责清洗点心桶。

大家普遍都是娇生惯养的，没怎么做过家务，所以洗点心桶的难度之大，绝不是洒水、扫地、擦黑板、摆课桌椅等常规的值日内容可比拟的。

由于每个值日生都洗不干净，点心桶里的污垢日积月累，渐渐在桶的内壁形成一层厚厚油油的保护膜，观者惊心，触者恶心。

我们班有个单亲家庭的女孩，叫燕子，她是个干活的小能手。饱受全班同学虐待的点心桶，只有到了她的手里才能枯木逢春。

关于清洗点心桶，还有一件趣事儿。

有一次，我们班新买了一瓶洗洁精。当天负责洗点心桶的男生对干活一窍不通，却很有决心，非要像燕子一样洗个干干净净，结果他把整瓶洗洁精都用光了。

这个事情第二天被老师知道了，老师震惊地说："今天的点心来了你先吃一口，确定嘴里不会冒泡泡，其他人再吃！"

6

关于吃点心，我的记忆大抵如此，最为难忘的还是下面这件小事。

那一天，同学们基本都分到点心了，坐在各自的座位上开吃，突然有一对同学纠缠在一起，打起架来。

一个调皮而英俊的男生见状，飞快地跑到点心桶那里，拿起盖子和大勺，犹如鼓手般敲了起来。

锵！锵！锵咚锵！

其他同学受到感染，纷纷亮出各自的餐具，起劲儿地敲打起来。

欢快的全民大合奏中，那两个同学打得天昏地暗，而其他人边吃边玩边笑边看，气氛热闹得像开联欢会。

很多年后，我再次想起当时的情景，还会哑然失笑。

秘密基地

○
●
○

小学低年级的时候，我曾疯狂迷恋一种游戏。

拿两把椅子，椅背冲着椅背，间隔一段距离摆开，间隔的长度约等于一张草席的宽度，然后将选定的草席铺在椅背之上，为它们搭起友谊的桥梁，垂下来的草席成了门帘，这时我就会满怀喜悦地钻进桥下的空间，

这种游戏源自于我的帐篷情结。小时候看唐老鸭的故事，他的女朋友为了测试帐篷是否舒适，就在自家的院子里安营扎寨。不知为何，这比真正去野外露营更令我着迷，草席与椅子的组合就是我力所能及的创造。

那椅子搭就的帐篷里面有什么呢？其实，什么都没有，只是一个不能舒展的窄小空间。因为搭建在室内，所以光线非常暗，可每次钻进去，我都会感到莫名的安心和愉悦。

我在里面铺了一条小毯子，又拿来喜欢的图画书和零食，打着手电筒享受它们，直至大人们到来，粗暴地拆除我心爱的帐篷。大人们

认为人缩在草席里很不吉利，因为草席除了供人睡觉，就只剩抛尸荒野的用途了。

于是，搭帐篷成了见缝插针的游击战。老家的房子足够大，我流窜于不同的角落，继续着自己的建筑梦。偶尔我还能拉来堂妹表哥等人一起玩，不过有了他们的参与，帐篷里的空间更小了。有时无需大人出面，我们自己就会把它碰成一片废墟。看着草席盖在我们头上，我们笑成一团。

渐渐地，我的兴趣转移到了床底下，它有着与帐篷异曲同工的魅力——狭窄、黑暗。床单垂下来就是天然的门帘，而且还不用担心大人们过来把床拆掉。于是，我开始把我的宝物们都转移到了床底下。

在床底下，人只能采取趴着或者躺着的姿势，时间稍微久一点就容易睡着，因此我还曾引发过一次失踪风波。我妈到处找我，最后看到我从床底下爬出来的时候，差点没打死我。

那时看过一本图画书，书中一个小女孩养了一条狗，大人出去度假的时候，她们就在家里探险。我至今记得一个画面：叼着骨头的小狗和抱着枕头的女孩在床底下一脸幸福地说："这里是藏宝的山洞。"

我在床下藏过的最贵重的宝藏是一根甘蔗。

老家的房子曾有过一个位于二层的阁楼，木造，典型的三角天花，光线昏暗，给人以阴森之感，唯一的住客是一台冰箱。每次我妈要我把菜端去冰箱，我都很不情愿。通往阁楼的木梯踩上去嘎吱作响，极大地锻炼了我写鬼故事的能力。

后来我不再需要端菜去喂冰箱先生，因为我妈把阁楼租给了一个外地人。他是做甘蔗生意的，从此阁楼终日散发出一阵浓郁的香气，曾经的鬼故事发源地，忽然间充满了童话的甜美。

我们几个孩子对甘蔗觊觎非常，透过关不严实的木板门，能看到满满一屋子暗紫色的长条。终于有一天，表哥发挥了手比我们稍长一点的优势，愣是从门缝里拔出一根甘蔗。我们很兴奋地跑到河边分享，随即发现忘了带刀，我们的力气又没大到能把它放在膝盖上咔嚓一下折断的地步，于是那天的河岸边就出现了几个小孩分别抓着甘蔗的一个部分猛啃的奇景。

偷来的东西总是撒着名为惊心动魄的佐料，美味加倍。为了呼应这个气氛，表哥还装模作样地发出一句坏孩子的感叹：“真他妈甜！”

吃不完的甘蔗被藏在了床底下，日子久了就发霉生虫，我们的罪行也大白于天下。但我不恨甘蔗，托它的福，我不再觉得阁楼是个可怕的地方。卖甘蔗的人搬走后，阁楼又被租给了其他人，他们是正儿八经地住下了。再去参观，阁楼已经被打扫得干干净净，木头还散发着残存的甘蔗香。新的租户打地铺，三角天花上的窗户爬进一束毛茸茸的阳光，正照在他们的棉被上。

从此，我再看童话和漫画，就特别羡慕住在屋顶阁楼里的小女仆。

除此之外，我还曾羡慕过住在树屋里的人（天花板和地板被树干穿透，可以在枝桠上挂好多东西）、住在山洞或树洞里的人（秋天时收集一堆干燥的落叶，钻进去就是天然被窝）、住在草房子或小木屋里的人（猪老三坚固安全的砖房也就是大野狼才会千方百计地想进去）……

一次美术课上，老师问我理想的房子是什么样的，我兴致勃勃地给她描述了一番，老师脱口而出，“那不是乞丐住的地方吗？”全班哄堂大笑，我觉得他们都很没有品位。

现在我长大了，但仍然喜欢看三四十平的小房子被装点得温馨舒适的家居帖；看《相聚一刻》或《老友记》，听水木年华的《老屋》以及赵雷的《小屋》，还是会觉得人生有一处五脏俱全的小公寓就够了。可当我终于拥有了面积远超当初所需的房子时，却不禁想：什么时候能住进更大的别墅？

我到新家的天台去转了转，看到已经搬进来的住户在晒一床棉被，两根竹竿一左一右，将被子撑出一个空间。我想象着自己躲在里面，能看到被子的边缘被阳光涂得金灿灿的样子，闭上眼睛，感觉很安静。

那段会吹就显得很牛的岁月

1

记不清参加鼓号队是四年级还是五年级时候的事情了。

放暑假前惊闻噩耗，说假期里每天一早都要来学校练习，顿时悲痛欲绝。

负责选拔鼓号队成员的是我们的音乐老师“大本钟”，他在每个班级拉壮丁，选拔的标准是学习成绩好。我一生的学习成绩里只有小学时代能见人，所以不幸当选。

一同入围的还有班长“小猪”，他的入围理由……

我想想该如何在不泄露他真名的情况下给大家解释一下。

比方说，小猪姓海名涛，大家当然就会叫他海涛，而当时我们班偏偏还有个同学叫杜海涛。于是，每次老师一喊海涛，就会同时有两个人答应她。

没办法，喊杜海涛的时候，就一定得连名带姓，绝对不能省略那个杜字。因为大家都不喊他海涛，显得那么不亲热，所以杜海涛的小学时代显得特别寂寞。

总之，大本钟原来想选杜海涛的，但是他点名的时候说的是海涛，于是，海涛去了，杜海涛没去。

可怜啊，这是杜海涛小学生涯里为数不多的被人去掉姓氏直接喊名字的时刻，结果竟让他错过了！不过这也可能是塞翁失马，焉知非福！

因为这个鼓号队，其实大家都不太想参加。

2

最后，被点到名的我们参加了鼓号队。

鼓号队的每个成员都领到了一套制服，很像海军服，洁白无瑕，还有帽子和手套，穿戴整齐之后还挺有范儿的。顿时，大家暑假不能睡懒觉而必须来学校练习的哀怨被冲淡了不少，这难道就是传说中的制服诱惑?

不过，平常练习是不需要穿制服的，多热呀，只有正式演出的时候才会拿出这套装备。

拿到制服后，当然就要拿乐器，开始练习啦!

男生吹小号，女生敲鼓，此外还有一些同学负责举旗、敲锣、敲大鼓和敲三角铁。

当我们在烈日下训练时，那一再举高的旗帜每每带给我死亡旗帜的错觉。

锣的声音与其说是清脆，不如说是刺耳。休息时大家闹着玩，会把它当飞盘丢，那个时候要是能有只飞身衔锣的忠犬就更好了。

在整个乐队中，负责敲三角铁的同学最为悲愤。

在演奏过程中，大本钟一声令下，锣会率先锵锵击响两声，然后就是大鼓嘭嘭嘭的雄浑动静，小号和小鼓也随之奏响。只有三角铁，无论敲得多卖力，声音都可以忽略不计，但如果不敲，站在队伍里又显得特别尴尬。

负责敲三角铁的同学感觉特别沮丧，已经决定牺牲暑假做出一番事业了，却没想到是这样的待遇。

乐队的主旋律当然还是吹号和打鼓。

打鼓一般是女生负责的，但这其中也有一个男生。

那个男生负责拿特别大的鼓槌，敲特别大的鼓。那个鼓足足有半人高，侧挂胸前，每次擂起，惊天动地，有点像古装剧里击鼓鸣冤的感觉。

女生们的鼓则是像募捐箱一样挂在胸前。这样的装扮，不打鼓的时候，总觉得得说点“请帮助帮助……”之类的台词，否则很空虚，而当她们胸前没有挂着鼓、只是拿鼓槌比划的时候，又给人一种织毛衣的错觉。

至于我们其他男生，每个人都分到了一支小号，有的比较新，金光闪闪，有的则锈迹斑斑，看着都倒胃口。

3

在吹小号这件事上，我真的是零天赋。

大本钟教得很勤快，但我的长进却那么慢，还常常会倒退。

我到现在都还记得那时候背下的曲谱：

咪咪哆咪索索索，咪咪哆咪索，哆索哆咪哆咪索索索索……

之所以背得很熟，因为这是我们最常练习的曲目。

小号的号嘴非常窄，嘴唇得抿住，然后咧开一条小缝，朝当中吹气，而且必须吹得有力有韵律。

总之，一天练习下来，我们的嘴巴都肿了，无法控制地噘起，互相看一眼，就跟要献吻似的，大本钟还叮嘱我们回家要继续练习。

方法1：弄个酒瓶，敲掉瓶底，瓶嘴是非常合适的操练工具。

方法2：打一盆水，然后头扎进去，缓缓吐气。

第一个方法，据说真有同学这么做了，结果被误会是酗酒。我尝试了第二种方法，主要是练肺活量，对游泳也有帮助，结果每次洗脸都有一种溺水的体验。

那一年的暑假就在这家里练练、学校练练的过程中流逝了，开学后我才知道，某位同学也曾被大本钟召唤，但他却没有来，事后也没遭到什么惩罚。知道这个事情的我，躲在操场的角落里，崩溃了无数次。

4

与鼓号队共度暑假的经历带给我的是一身黑皮肤，直到暑假结束，我始终无法独立完整地吹出一首曲子，至多只能吹一两个小节。鼓号队成员每次单独出列展示成果的时候，我都没少挨骂。

当然，那些吹得出色的同学会被狠狠表扬，大本钟会拍着他们的肩膀说："你真能吹！"

按说我这种水平和状态，应该会被开除出鼓号队的，我也满心期待着那一天的到来。然而，事与愿违，每到大合奏的时候，我的左邻右舍都很给力，而我只需要装出一副很努力在吹的朝气蓬勃的样子，就不难蒙混过关。

当越来越多的演奏都是以合奏的形式出现，渐渐也就没人关心我的实际水平了——精神面貌就是一切。

所以，那个夏天我最为精进的其实是演技，而我的本质又是一个花瓶，这是多么矛盾啊。

鼓号队排练了一个暑假之后，便开始在学校的一些大型活动场合亮相了。与那些摇着假花喊“欢迎欢迎，热烈欢迎”的低年级同学相比，我们最大的优势是可以穿制服，因此显得特别高端上档次。

当然，不管我们穿得如何有型，连着几曲吹完后，把号嘴从小号上拧下来，用力将吹进去的口水都甩出来的这个步骤总还是必不可少的，每每此时，我都觉得特别尴尬。

5

乏善可陈的鼓号队生涯，在一段时间后开始发生质变，因为校方渐渐觉得，培养出如此一群人才，若不尽用，岂不可惜?

于是学校开始把我们往外出租。

附近有什么大楼落成了，什么酒店开业剪彩了，我们就会被请到那里去，呜哩哇啦地胡吹一阵，以兹助兴。

印象最深的一次，我们甚至坐汽车去了一个乡下地方，在寒风中瑟瑟发抖地进行了一番吹奏，我开始觉得自己是参加了一个野鸡歌舞团，而不是学校的鼓号队。好在我们最娴熟的曲目就是进行曲，否则，我真怀疑我们总有一天会出现在送葬队伍中。

对于这样的商业活动，年少无知的我们并没有多少抵触情绪，因为外出演出不仅可以公然翘课，还可以当成是郊游。

商业演出当然是有钱拿的，那些钱估计是进了大本钟与学校高层领导的腰包了，但我们也不是毫无甜头的。记忆中有一次，我们表演完了之后，一位财大气粗的老总大加赞赏，给我们每人发了个红包，足足有五十元。

所有被当枪使的不忿，在那一刻全部变成了自食其力奔小康的励志错觉，我们甚至开始盼望着能经常有演出，心态上也开始无限接近那些怕没工开的群众演员。

可惜，有收入的只有那么一次，其他时候，顶多就领个便当。

关于那年夏天及鼓号队的回忆，能想得起来的也就这么多了，什么时候告别了它，是否还有人后来居上，都不清楚了……

对了，那时候，鼓号队里有个好看的女孩子，那年夏天我们有不少说话的机会。我还记得一次在码头演出，我们坐在过道两侧，面对着面，阳光照着她的白色衣裙，看起来特别耀眼。

那是一个动人的回忆。

剩下记忆最深刻的，还是摘下号嘴，然后潇洒地甩口水。

要知道，二十多个人齐心协力甩口水的情景，不是什么时候都能看见的。

强迫症看着好难受

这几年写作的速度慢下来了，一大原因是强迫症的升级。一篇稿子打底要写三遍，第一遍犹如草稿，即使知道刚刚写了个错字也不愿回头去改，即使写到一半发现这个剧情应该推翻，我也会照着想好的新剧情继续写下去；二稿是对一稿的全面围剿，会逐字逐句地推敲，但出来的效果未必人见人爱，很大程度上只是为了满足自己的心理洁癖；三稿则是最后的精益求精，或者说是吹毛求疵。当然，真能在三稿的范围内成文是幸运的，较真儿起来，四五遍也不是没有过。

但与我的一些朋友相比，我的这种强迫症算是弱爆了。别的不说，光是我对待一稿的炮灰似的态度，他们就绝不能接受。他们认为的一稿，是从第一句开始的，会边写边默诵，会与每个字、每个词语甚至每个标点较劲，然后才前往下一句，一边揣摩着下文，一边连同先前的文章再重新纠结一遍。在他们看来，整篇文章的结构是犬牙交错、唇齿相依的，倘若真有独立性很强的句子，那多半是废话……

我很佩服这样的作者。也许他们推进的速度比我慢，但最终收笔的那一刻，全文已然达到了他们心目中的完美，乃是一种积硅步而至千里的“一稿成”。而我无论如何都得把大纲当成一稿来写，用撞南墙的频率，代替研究地图前进的写作方式怕是很难更正。或许这也算一种强迫症。

强迫症，跟拖延症、选择困难症、脸盲症、手癌、懒癌、穷癌等病症一起，已然成为了一系列的都市流行病，没有患病的人反而是少数。正因为如此，人们渐渐就忽略了一个事实——强迫症其实是一种精神疾病。

回首往事，我惊讶地发现，其实自己很早就有过这种病。

那是小学四年级，有段时间，我做作业的速度奇慢无比，时间主要都花在了如何把字写好看上。进入键盘时代之后，我手写最多的就是自己的名字和笔名，还有就是在填快递单或给读者写赠言的时候，才有机会多写几个字。因为手写的机会少了，提笔忘字的情况便时有发生，本就丑陋的笔迹更是不堪入目。回想小学时候，我的字写得很小，并且总是挤挨在一起，仿佛放学后排队回家的小乖乖，谈不上多好看，但总算是工整清秀。而我在意的是我的字常有瑕疵，比如某一撇过长或者某一横超标。好比说“黄”这个字，“由”的那一竖稍微戳出头上的天花板一点点都不行，我看了会难受，然后不停放大那种难受，然后就不得不重写。

怎么重写？那时候我们已经开始用圆珠笔，于是只能把错字划掉。可是我又嫌弃那简单粗暴的一划，实在没有美感！于是我使用一个“×”的记号，看哪个字不顺眼就打个“×”。这样的标记引来了老师的抗议，说看我的作业还以为已经改过一轮了。

后来我改用涂黑的方式，问题顿时更大了，我必须涂出均匀工整的一个小方块，一定要纯黑，不能留有星光般的空隙，我恨不能用尺子丈量那小方块够不够方。试想，如果我当时选择涂成个圆，恐怕就要出动圆规了。

但是当我使用涂黑的方式时，老师又来抗议了，说乍看我的作业好像破了很多小窟窿。

再后来，我开始使用涂改液，涂黑变成了涂白，均匀工整依然是基本要求，更可怕的是，有时候我对在涂层上重新写的字还是不满意，只好再涂一次，作业上的白藓层层叠叠，有些干了还会脱落，露出之前的版本……刺鼻的气味更是不在话下，老师叫苦不迭，怀疑我在对她施行一场慢性谋杀。

相对来说，做数学作业就好一点，因为都是用铅笔写的，不满意还可以擦掉。于是，我一遍遍地擦，开始还可以擦得不留痕迹，渐渐地就变成了黑乎乎一片，有时候嫌污垢太过顽固，还会用橡皮沾点水去擦，然后纸不幸被擦破。这纸张千疮百孔，老师如果有密集恐惧症，估计看一眼就会想撕掉。

那段文具消耗得特别快、写作业的效率却特别低的日子让我很痛苦，老妈却很好奇，因为她无法理解我为什么每天都那么晚睡，是不是背着她做小动作了。于是，她陪着我做了几回作业，有幸见证了我那些与答案正误无关的涂擦过程，几次之后，她险些抓狂地把作业揉成团，塞进我嘴里。

除了写字强迫症，我那时还有整理强迫症，每天临睡前都要把书包检查好几遍，确定东西是不是都带齐了，有时候钻进被窝了都还忍不住出来，而次日上学前还要再三检查，即便是冬天亦是如此，行动力之强，可见一斑。拜这所赐，我还真从未漏带过东西，只是一到收拾书包的当口儿，总是会高度紧张和焦虑。

很久之后我才知道，那就是精神病学意义上的强迫症。可喜可贺的是它没有伴随我成长，至于它是怎么痊愈的，我也忘记了。现在，我的字丑得病入膏肓，我的书桌永远乱七八糟，出门旅行的行李，如果是自己收拾的话，就跟背了一包草出去没什么两样。做出这一切行为的我，跟四年级时候的我相比，简直判若两人。

对了，虽然那时家里人都没意识到我那是病，得治，但我曾在一次自由发挥的作文中细细描述了自己的症状与困扰，最后问当时的班主任兼语文老师我该怎么办。那几乎是我小学写过的最有现实意义的一篇文章，遗憾的是它因为不属于作业和考试任务，甚至没有被批阅。

于是我那认真而无果的求助，最终演变成一种不要轻易对外人诉苦的潜意识，终年不愈。我常想，每个人性格的养成，是不是都源于童年某件事种下的强迫症？

十六个疤

我的两条胳膊上各有八个疤，都大约有小拇指的指甲盖那么大，从手腕处割脉首选的那个位置开始，断断续续地蔓延到肩头处女生咬男生首选的那个位置，这些疤痕诞生于我小学三年级的时候。

那时候，我的脖子右侧长了一个瘤。刚开始还只是摸上去手感不太妙的硬块，渐渐地它就开始异军突起，大有再崛起一个新脑袋的恐怖趋势。父母察觉后如临大敌，立刻把我送去医院，检查结果显示瘤子是良性的，但最好还是切除。然而，当时我的年龄还是个位数，这样大的小屁孩怎么能接受在脖子上动刀呢？加上我的爹妈也担心碰上个不靠谱的医生，于是全家达成了向民间力量求助的愚蠢共识。

那真是一段艰苦奔波的求医岁月。

印象深刻的是一次针灸治疗。当时，妖怪般的老婆婆在我脖子上扎了一针，瞬间竟有瘤子像气球般瘪下去的错觉。事实证明，那真的只是错觉。除了针灸，吃药上药更是家常便饭。那阵子去上学，我的脖子上经常贴着一块膏药，膏药下面是扎眼的凸起，感觉像是随时要破封而出的妖怪。

我的父母不是没文化的人，但时代与环境使然，他们对民间土方还是异样地信赖。终于有一天，我被带到一座山里，走了很久很久之后来到一座建筑前，跋涉的艰辛与大自然神秘的氛围，令这段旅程充满了一种寻仙问药的气质。我们拜访的那位大师对我进行了一番诊断，决定用穴位艾灸法来治疗我。所谓穴位艾灸法，就是在我两条胳膊上的十六个穴位上依次摆上药艾（记忆里是一些如同烟草的物质），点燃，然后待它们逐一烧尽，药效就会随之进入我的脖子。

那大概是我童年最虐心的一段时光，事先我完全不知道会遭遇如此暴力的对待。为了避免药艾掉下来，我的父母必须铁石心肠地将我牢牢抓住。当药艾开始燃烧，我就感觉像是一块微型烙铁在一点一滴地渗进身体，那叫一个钻心剧痛啊！不幸中的万幸，这场酷刑是双管齐下，而非“左手右手，一个慢动作”，我的挣扎哭嚎和痛不欲生只需要重复八次而不是十六次。穴位艾灸的全程，我的母亲一直陪着，也一直泪如雨下，但生不如死的我已经把大义灭亲的她跟那个神仙大师一块儿恨了。

艾灸法没能治好我脖子上的瘤子，反而给我留下了十六个疤痕。看着十六个浮肿的水泡一点点地变得瘪平，然后永远地成为我身体上的印记，这样的折磨不啻让我被炙烤了一次。想想那时脖子上是一个鸡蛋大的硬块，两条手臂上又布满疮痍，现在的我便不禁替那时候的自己产生一把自尽的冲动。

不过脖子的问题很快解决了，各种失败的案例表明，开刀是唯一的解决办法。而我的父母大概觉得如果再不从命，下次遭殃的就得是我的双腿了。于是他们终于做出了开刀的决定。

关于开刀的记忆，还是很鲜活的。有当时的班主任陈云老师的鼓励，有被推进手术室时向后移动的天花板，有被打了一针后陷入昏睡前的恐惧，有手术结束后每天吃的鲈鱼的鲜美味道，有同病房的孩子都来借我枕头下堆满的图画书的画面……我甚至记得有一本书是《狐狸列那》。

康复后的脖子仍留下了一道疤，对镜鉴赏，倒也不觉难看，未来颈纹丛生，更可浑水摸鱼。《童话大王》上的一句“男人身上没点儿疤还算男人吗”以及《圣斗士星矢》里的“伤痕，男子汉的勋章”在那时成了我的灵魂格言。显然，当时那个愚蠢的孩子并没有理解手术疤痕不在讨论之列。去掉瘤子之后，放下了心头大石的爹妈有一阵儿特别热衷于给我买各种去疤药物，我很愿意去掉手臂上的疤痕，然而那些药并没有什么用。

于是那年夏天，我过了一段再怎么炎热都坚持穿长袖的日子，心疼我的老妈用很好的丝绸做了一件长袖，穿起来柔滑冰凉，很舒服。然而腿是无辜的，不需要跟着受罪，所以那年夏天，我们小学就出现了一个上身长袖下身短裤的潮男，这种穿法在日本小学很常见，遗憾的是在我的学校大部分人不能接受，包括我自己在内。

我忘了那些藏头露尾——不，藏手露腿的日子是何时结束的，只记得当时看过一篇小说，里面有一个无论何时都不肯摘下帽子的女孩，有天终于被淘气的男孩强摘下了帽子，露出一个因为生病而掉光了头发的脑袋。我当时感受到了同病相怜的心酸。

进入中学以后，我已经不再掩饰身上的缺陷，甚至在一次演讲中拿这事儿开玩笑，说："未来也许可以跟孩子炫耀，你爸我当年被敌人抓了，严刑逼供，但即使被弄得一身伤也没泄露军情……"这个即兴发挥让所有人都笑得很开心，我也并不是苦中作乐。

至于为什么看开了，很遗憾并没有什么"内心比外在更重要"之类的心灵顿悟，无非只是因为它们对我的生活影响不大。毕竟只是手臂上一不小心就会忽略的星星点点，脸上冒出个痘就会夺去它们的风头。

当你不再去无限放大一些东西，心理阴影的面积自然就会随之减小。

再后来上了大学，遇到一群玩得嗨放得开的室友，互相吐槽更是成为生活的常态。他们看到我手臂上的十六个疤之后，用只要是没聋就能听到的分贝窃窃私语，猜测我大概是有过十分颓废的青春，没事就抽烟，然后把烟头在自己手上烫熄，还密谋要仔细搜搜我的身体，看看有没有针孔注射的痕迹……

现在每到夏天，我都会十分坦然地穿着短袖或背心示人，也无惧去泳池之类的公共场合——毕竟，比起那些疤痕，赘肉更值得在意。而且，陪了我这么久，这些疤痕已经成了我习以为常的一部分，虽然不甚喜欢，但也不再自卑。与此同时，有灵性的它们大概也是对我有愧，个别竟渐渐与我的肤色融为一体，不仔细看真看不出来。

如果被谁看出来了，我就轻描淡写地说："谁还没点儿傻逼的黑历史啊，当年我抽完烟，就喜欢故意在手上烫灭，享受那份痛楚。青春嘛！"

逝夏

想到夏天，我会想起穿堂而过的风。

老家的房子是全村最壮观的。能干的爸爸和两个叔叔协助爷爷，一起将他们共同的家建到了四层楼之高。从村头到村尾，每个人的视线都无法绕开，我们家可以俯瞰全村所有的树冠与屋顶，仿佛与太阳的距离也比其他人更近一分。

我一直觉得四楼是神秘的所在。首先是太高，上去很累；其次是无人居住，所有的卧室都在一至三层，而四楼的房间是用来放杂物的，另有一个宽阔的阳台，用来晾晒衣服，存放一些吃食，也招待不请自来的鸽子。

儿时的我总鼓不起勇气独上四楼，但夏天的夜晚，一切都会改变。那时，全家人会集中在四楼阳台，摆上电视，拉来一条长长的电线，蓝光便映亮了一张张兴致盎然的面孔，那乐趣如同在观看村里偶尔拉大幕播放的露天电影。

待到夜深，大家散去，我坚持要在阳台上睡，妈妈便铺好草席，点起蚊香。那时家里没有空调，幕天席地的凉意显然比风扇经济，比蒲扇省力。我记得一整幅夜空作为天花板的心旷神怡，也记得跟爸爸玩一会儿成语接龙后数着星星入睡的天真烂漫。

次日醒来，恍若隔世，包着被子在萧瑟的晨曦里发呆，好一会儿才想起自己为什么睡在这里。也曾有过睡着睡着下起雨来，迷糊中用被子蒙住头逃避现实，直到湿透的沙漠再也容不下我这只鸵鸟。

想到夏天，我会想起十香软筋散般的午睡。

我不喜欢午睡，唯有在夏天会半推半就地眯一会儿。四楼房间的门正对着阳台，又有一扇大窗，因而永远会有没头没脑的风肆意闯入，横冲直撞一气后无声离去，然后留下满室凉爽，在那里睡觉是极舒服的。许多个夏天的午后，我都会被妈妈勒令躺下，在凉凉的疏风中昏昏欲睡，睁眼常常已是暮色四合。

但多数时候我是睡不着的，那就必须忍耐到妈妈沉沉入睡，然后蹑手蹑脚地溜出门去，如同一场惊心动魄的冒险。我听见蝉鸣盛大如浪涛，看到地面丝丝起白烟，路两侧的屋门紧闭，整个村子都陷在盛大的睡眠里，除了最淘气的男孩。

最夸张的一次，我和表哥瞒着大人下江去游泳。两个人抱着轮胎般的救生圈，游得回不了岸，江水浩浩无人烟，我们索性随波逐流，在正午烈日的暴晒下生生漂了好几公里，直至抵达一处江岸，然后若无其事地走路回家。除了晒伤斑，没有人知道我们曾经离死亡那么近。

想到夏天，我还会想起冷饮。

五毛钱的冰镇汽水，喝完就能打出响亮的嗝；两毛钱的香草冰棍，吃完舍不得吐掉小棍儿；还有豆花，门外一旦传来叮叮当当的声音，妈妈就会拿着碗往外跑。卖豆花的是一个矮小的老人，全身就像影子般漆黑，每年夏天都会推着一辆板车走街串巷。他掀开木桶的盖子，露出一大片平滑柔嫩的豆花，白光光凉冰冰，仿佛雪花。他用一枚小铁片轻轻铲着，薄薄软软的豆花就细细地覆满了碗底，加上些许黑糖水。那美味，曾经风靡全村。

妈妈会把豆花存在冰箱里，等我午睡起来喝，但我始终认为，在暑意最盛的正午吃到的豆花才能称之为夏天的礼物。

当我在一处小坡看到个艰难推车的老汉时，忽然想起了那位影子般的豆花老人，惊觉已有那么多年没看见他、没吃过豆花……很多年已经过去，我们早已不住在村子里，原先可以傲视群雄的四层高楼，如今也成为楼房群里不高不低的一个单元。自然风变成空调，冰箱里满载冷饮，露天睡觉要担心生命危险。我不午睡而偷偷做的大冒险，从外出和游泳变成了偷看电视与漫画。

我仍然喜欢豆花，且是坚定不移的甜味党，只是再没有哪一碗的甜爽能告慰整个夏天。敲碗叫卖的声音，蒸发在了风景氤氲的记忆深处。

童年的夏天才是夏天。童年结束了，大概，夏天也就永远地结束了。

我是要成为爆漫王的男人

1

小时候的我超喜欢画画。

那时住在村里，有几处地方是水泥地，我童年的一大乐趣就是蹲在地上拿粉笔画呀画。

粉笔是老师的神器，我总觉得闲杂人等不配拥有，偶尔从学校偷拿一两根粉笔头，都觉得心虚不已。后来，我发现了一种比粉笔更好用的画笔——石膏。

那时候有个同学叫“蝌蚪”，他爸是个雕刻师，主要玩弄石膏，家里常有大块大块的石膏，然后经他妙手调教，变成鬼斧神工的艺术品。

我在蝌蚪家搜集了一些石膏的碎块，有棱角分明的，也有齐齐整整如一支笔头的，它们在地上画起来比粉笔更有快感。

那时电视上在播一个动画片，名字我忘了，主人公是一个会魔法的小动物。我就结合那个情节，把我的一个小浣熊布偶拿来当主角画漫画。那是我人生第一次的同人创作。

村里的水泥地主要集中在家家户户的门口，埋头作画的我是那么投入，竟边画边挪，从自家院子门口，不知不觉就挪到了别人家门口……

有时候画得高兴了，能挪过一整条街，还好马路凹凸不平，连沥青都没铺，无法作画，否则我极有可能为艺术献出短暂的生命……

幼儿园和小学低年级时，我曾以画画叱咤风云。每天下课拿一张纸，一边乱画一边现编故事，很多同学会来围观，这是多么高调的创作方式啊！

即便在那时，我也是一个重视与粉丝互动的人，有时候我会和蔼地邀请他们参与我的创作，常见的合作方式是类似成语接龙游戏的画画接龙。

两人分坐两边，中间隔着白纸。

甲方先画一个四四方方的城堡，然后乙方接着画。

甲方画一个炮，然后乙方也画一个。

然后甲方画开炮，炸到乙方的房子。此时乙方就要赶快画新房子，或者画保护罩，或者反击……

真是激动人心的创作时光啊！不过，我的绘画水平从中也可见一斑。

2

有一段时间，早熟的我开始思考寓教于乐的问题，于是，我的创作方向不再流于狭隘肤浅，而更多地关注现实，具体表现在我开始在课本和笔记本上画画。

对李雷、韩梅梅、杜甫什么的进行加工改造那是必须的，我的绘画生涯代表作应该是把一个根正苗红的小学生涂鸦成了哪吒。那真是天衣无缝的奇妙创作，可惜案底已经被毁灭，否则就能有图有真相了。

除了插图，还有笔记。做笔记是语文课的必备环节，老师常常会把文章分成几个大点，写上标题，然后下面又分成几个小点。

为了美观大方，几个小点有时候要以放射状斜括号加以呈现，给人一种必须照着抄、否则就很不专业的错觉。

小学时候，我除了画画，还迷恋广东话。

那时老爹的一位船长朋友给我带来不少香港的漫画周刊，里面满满都是繁体字写的广东俚语，“系咁先呀，边度呀，唔该晒呀……”

我觉得超有趣，于是就连蒙带猜地自学起来。后来除了不会发音，阅读完全没问题，进入中学之后，我就开始听广东歌的磁带……

自学方式之一就是笔记都要用广东话写，还要写成繁体字，譬如下面这一句。

“呢首詩表達咗詩人夜麻麻之际響異鄉嘅土地上掛住佢屋企人……（By静夜思）”

在我的努力下，所有浪迹天涯的诗人仿佛都去了东莞。

排在插图、笔记之后的就是漫画，那个时候，我最喜欢画阿童木、阿拉蕾和哆啦A梦。所以我的笔记通常会被我设计成阿童木拿着一根教鞭指着一块黑板，然后在黑板上写下笔记，或者是哆啦A梦说话，对话框里是笔记，甚至有时会在空白之处画各种战斗场面。总之，我的笔记图文并茂、引人入胜。

阿拉蕾这个漫画现在想起来真是恶趣味，因为里面有大量的屎尿屁之类的笑点，阿拉蕾整天高举一坨大便飞奔的形象真是遗臭万年的经典。但小孩子就是超吃这一套啊！所以有段时间我就在笔记的角角落落里画满了可爱的大便。

后来，云老师检查我们的笔记做得怎样，当看到我在课本和笔记本上涂鸦，大怒，“你怎么可以上课做小动作？”

我理直气壮地表示自己在记笔记！

这里要插一段话，云老师是我们一到三年级的班主任，身材娇小人又年轻，一年级入学刚看到她，还以为是高年级大姐姐。如果要给我最喜欢的老师排个名的话，她应该是第一。

回归正题。

听完我的回答，云老师拿起笔记来看。我猜想丰富的版面设计、鸡同鸭讲的广东话一定会令她大开眼界，所以得意地等待她称赞我。

结果她难以置信地指着一组图，用全班都听得见的惊恐声音质疑道：“怎么这么多大便啊？！你为什么这么喜欢大便？！”

3

四五年级的时候，我觉得我不能再浑浑噩噩、满足于在书本上画些边角料涂鸦，我需要正式的绘画工具。

我找来一些白纸——我们称之为透明纸——铺在某个人物上面，然后照着描，可以画得很像，但是这次不是为了这个目的。

我要做一套铁臂阿童木的同人漫画。我在第一页煞有介事地画了封面，列了目录，然后一个故事一个故事地画起，并且还仔细地用尺子来规划画框，搞出一种分镜的感觉。

这种漫画，我居然画了一本又一本……因为我设定四个故事就能出一本单行本，而一般来说我一页就能完成一个故事。

我还不忘在封面上写下许多危言耸听的宣传口号：“中国漫画界巨匠降临！”“万众期待的实力派天才！”“总销量已经突破一亿册！”“美国总统也赞不绝口！”……

这个兴趣一直保留到了中学，只是中学时候不再那么考究。

作画的工具从自动铅笔变成了钢笔，纸张通常也是随手抓起的一张用过的作业纸，废物利用，十分环保。在背面画各种打打杀杀的热血漫画，内容多数是模仿电视或者其他漫画上的情节，权当发泄。

中学已经开始听流行歌曲，所以会深情地在开画之前抄一段歌词，这简直是准备动画化的节奏啊！

于是，我的漫画是这样的：

一开始是自己画的封面，配上“总销量一亿册”之类的广告，然后进入主题曲。

“情是为你痴，朝想你暮也苦思……”

然后主角出场，跟敌人打得天昏地暗。

打到一半的时候，又出现一段手抄的插曲：“还有谁像我爱你爱得这样深……”

故事落幕的时候还不忘写上“请期待××老师下一次的创作”这种深情预告，随后进入片尾曲。

不过，我快乐的创作生涯的所有成果，至今也只给我的同学剑看过。

至于为何如此低调，主要是因为剑看完封面后就笑得从椅子上摔了下去，从此我就再也不给任何人看了。

4

在我童年有关大触——动漫游戏领域的绘制高手的认识里，剑长时间独占鳌头。

剑同学一张国字脸，浓眉大眼，算是英俊，后来我写《邻家武圣》的时候，就给大反派起了他的名字，因为听起来蛮武侠的。

剑的绘画素质令人吃惊，繁复如机械或盔甲，他都能画得头头是道。在我专注Q版三十年的时候，他的笔力简直目指H同人。一些同学甚至让他在小卡片上作画，然后做成牌来玩。

剑另一个让我难忘的事迹就是有一年的音乐考试，每个人要唱一首歌，大家普遍害羞，都是挑最易最短的歌来唱，比如《新年好》《生日快乐》，后来教音乐的“大本钟”忍无可忍地表示不许再唱这两首！

听此消息，许多同学如丧考妣，下一个上台的同学本来都准备好了，被这么一骂，失去方向不知该往哪儿走。

“大本钟”无奈地说：“好吧，那两首都只许再唱一次。”

那个同学破涕为笑，唱了《生日歌》。接下来是剑，剑之后是我。

我想唱《新年好》，于是就跟剑说：“你不会唱《新年好》吧？你唱了我就不能唱了，只让再唱一次了……你让给我好不好？”

剑翻翻白眼，表示他本来就没打算唱《新年好》。他上台开口唱道：“眼睛瞪得像铜铃……”我对《黑猫警长》歌词的印象，不是从动画热播的时候开始，而是从那一刻开始的。

剑大学时上的是农大，考专升本的时候，我有意在农大借住一宿，于是联系了剑，但他表现出了各种为难。想想也是，多久没联系了，开口就表示要去打扰，他这种反应倒也正常，遂作罢。

但以此为契机，我们恢复了联系，聊了许多的童年往事，当然也包括画画。剑上了大学后仍然在画漫画，有次他还发了一组给我看。

而当时的我已经称得上阅漫无数了，品位今非昔比，剑的漫画被我看出了毁童年的恶意。这个谈资从此被腰斩。

剑毕业后当了律师，考证考得很辛苦，现在我写东西遇到一些法律问题就会去请教他。

《青春奇妙物语》里某人不小心把前女友推下楼的剧情，我想知道嫌犯大概会被怎么判，剑详细解答后自告奋勇道："我可以帮你辩护的……"

还有一次我想写个父母离异的孩子，于是就离婚的一些细节咨询了剑，他耐心解答完说："你还是要好好考虑清楚，就当为了孩子。"

我再三解释不关我的事，他还是将信将疑……

剑现在供职于一家律师事务所，为能早日独当一面而不懈奋斗着。他说自己早就已经放弃了画画，甚至很久都没有看漫画了。

而我一直离不开漫画，虽然当不成漫画家，却通过动漫评论、轻小说、漫画脚本的写作，不可思议地延续了我和漫画的缘分。

响彻童年的“大本钟”

“大本钟”是我的小学老师。

即使是以小学生的眼光来看，他的个头也不能算高，那小胡子和笑容，看起来有点像赵本山，只是赵本山是猪腰子脸，大本钟的脸比较接近猪鞭。

此人教的是音乐，但我的音乐细胞是初中之后才开始觉醒的，小学时各种一窍不通，也就只能应付大合唱，所以我不太喜欢上音乐课。

班上有几个女孩颇具天赋，但也不喜欢上音乐课，理由很简单：大本钟不招人喜欢。

他最大的特征就是猥琐。毕业多年的同学会上，大家凑一块儿，你一言我一语，还原出许多毁童年的往事，其一便是大本钟向某学生家长借片子看。

那时候的片子不是VCD更不是DVD，上网下载更是神话概念，都是盒装录像带，有些是内容健康的，也有一些不健康的。

该同学受家长所托，将用报纸包装好的片子带到学校，交给老师。因为这个，大本钟对该同学一直照顾有加。

那时候的音乐教室是阶梯教室，同时具备录像厅功能，估计大本钟在那里度过了许多的快乐时光。据说也有与几名老师聚众观影的时候，具体有哪些参与者就不得而知了。

虽然可以理解人类的某些正当需求，但写到这里时还是觉得有点夸张啊。

然而，大本钟的奇葩事件远不止这些。

记忆中，有个暑假过后，大本钟顶着一个光头来到班上，全班震惊。

然后他非常严肃地告诉我们他出家了，随后，我们爆笑，结果大本钟当场翻脸，吓得大家噤若寒蝉。

喜怒无常的大本钟，曾经夸奖过我一次，不可思议。

当时的情况是他介绍一首那不勒斯舞曲，但当时居然没人认识那个“勒”字，都一律念成了“勤”。

大本钟勃然大怒，问了许多他心目中的好学生，结果都不认识，他更加气急败坏。

那时，我正因为不守课堂纪律而被罚站，恰好我认识这个悬崖勒马的“勒”，便举手读了出来。

大本钟大喜，夸了我一番后让我坐下，那大概是我对他好感度最高的一瞬了吧。

未来很长一段时间，我的同学们看到“勒”字，脑子里都会不禁浮现一句：“我的语文是音乐老师教的……”

还有一次，大本钟居然当着我们的面号啕大哭。多年后我们互相拼凑记忆碎片，得出的结论是他当时涨工资失败……

如此勇于向学生呈现自己真实的一面，大本钟也算是个坦率之人。

现在，大本钟中风了。

在那之前，他奇葩人生的巅峰是学了一次黄海波。

不幸的是警察叔叔不解风情，忽而查房，惊恐之下大本钟的潜能被激发，从窗口爬上屋顶，飞檐走壁，企图逃逸，结果摔了下来。

事情闹到了公安局，学校要开除大本钟，但大本钟到校长那里痛哭流涕以死相逼，校长最终还是把这个事情压了下来，他也没离开学校。

直到毕业多年后，我们才知道这件事，大为震惊。

同席的一位女同学便顺势说起了她和另外几个漂亮女生被大本钟叫到他家玩的事情。

我们的耳朵都警惕地竖起，因为当年的大本钟喜欢美少女是人尽皆知的事情。

该不会……大本钟曾经对这几个女生做过什么龌龊事吧……

但那位女同学很快便摇头予以否认，大本钟把她们留在客厅自己玩，而他自己跑到卧室，锁起门来看了一会儿发出奇怪声音的录影带。

这也许是大本钟人生中最具人性光辉的一笔了。

我们就姑且相信他当时是在努力转移自己的兽性，以免做出不堪设想的事情吧！

整体而言，大本钟实在是个让人无语的老师。

提供了关于大本钟大量八卦野史的同学，我们叫他“粒粒”吧。也许是觉得应该公正对待老师，粒粒在最后提醒我们别忘了一则让人觉得大本钟有点萌的事迹。

当时，大本钟买了一个绿色玉镯子，向我们炫耀。弹钢琴的时候担心磨损，还小心地取下来，放在讲台上。

后来有一次，粒粒上课做小动作，惹火了大本钟，大本钟一边吼他，一边用力敲讲台。

一敲，那个镯子就猛地一跳，距离讲台边缘就近一步。

粒粒看在眼里，立刻做出一副惊叹“你为何这么拽”的嚣张表情，大本钟就更怒了，敲桌子的力度也随之加大。

咚！镯子移位。

咚！镯子移位。

咚……乒乓！

大本钟如丧考妣地弯下腰去收拾那宛如他的节操般碎满一地的镯子时，粒粒代表全人类露出了大快人心的笑容。

小小神通大百科

1

从小到大，我都是个动手能力很差的人。

小时候玩过一种组合玩具，里面有各种小工具，螺丝、螺帽、小钳子等，可以照着说明书，把一堆满是圆孔的薄铁片组合成各种形状。

那是一种很能锻炼智商的玩具，可惜我从没兴趣。

小时候，学校会定期发下一种益智包，就是把一块硬纸板沿着虚线怎么剪又怎么粘就能变成一辆车或者一个面具之类的玩意儿，我收到之后从来都是碰也不碰，直接囤积在柜子里。

相反，我的妹妹是个很喜欢做手工的人，她发现了那些不见天日的益智包之后大喜，把它们全部完成了。

多亏了她，那些破玩意儿才有重见天日的机会。

其实，我在手工制作方面的愚钝资质，幼儿园时期就可见端倪了。

有一次，幼儿园老师号召我们做秤和糖果。

秤的制作，就是拿一根筷子刻上刻度，然后拿线绑一下，用个小石子之类的重物当秤砣，找个八宝粥盖子之类的物件当托盘。糖果的制作，就是找来一些糖纸，里面塞上棉花或者泡沫塑料，包成糖的样子。

当时我的秤是让爸妈代劳的，至于糖果，就不得不提当时的一个邻居。

因为制作糖果需要糖纸，有些小朋友利用这个理直气壮逼家长买糖的机会，吃完真的糖，再用糖纸来包假的糖。

说到这里，我想起了我们那时候的唐老鸭泡泡糖，里面附有一张彩色漫画，大家边吃边收集，有人还仔细地装订成册。

现在想想都觉得非常可爱。

那时候我有个邻居，爱好就是收集糖纸。每次吃完糖之后，都会把糖纸洗得干干净净，晾干之后放在盒子里，花花绿绿的，非常好看，偶尔还能闻到似有若无的甜丝丝的味道。

后来我请她吃了半块蛋糕，她就果断放弃了这小资情调初开的兴趣，将一整盒的糖纸都给了我。

然后，我觉得自己包太麻烦了，于是又用了半块蛋糕收买她，让她帮我往糖纸里填充泡沫塑料，她干得可起劲儿了。

总觉得这个傻萌傻萌的小女孩，现在极有可能已经被拐去卖了……

我带着秤和一大堆糖果到班上去的时候，瞬间就把那些只包了几个糖果的同学比了下去。当时我们的老师姓郭，郭老师热烈表扬了我，还给我贴了好几朵小红花，这可是期末评为好孩子的重要资本。

老师让我们做这些手工到底是干什么用的呢？其实是用来过家家的，开糖果店，买卖糖果。

在过家家的世界里，我们大家都生活在一个只有糖果卖的国度。

记忆中还曾发生过不明真相的馋虫老师拆开糖果就吃，结果狂吐泡沫的趣事。

顺便说一句，小时候玩过家家，我绝对不会扮演爸爸，一定要演小孩，而和男孩子们做游戏的时候，我也坚决要当小弟，绝不当带头大哥。

我特别享受那种被人照顾而不必承担责任的感觉，虽然那是小孩的特权，可直到现在，我也还是没有任何的领导才能。真是三岁看老啊……

不过，在包糖果这件事上，表现最优秀的不是我，而是我青梅竹马的挚友菲菲。

他直接买了一袋糖果，带来班上，不仅可以当游戏道具，而且还可以吃。

确实，郭老师好像……没说过不能这么做……

2

进入小学高年级之后，学校就开始频频举行小发明大赛。这是一个很盛大的活动，全校学生都得参加。

活动先从每个班里选出最好的发明，然后拿到年级去评比，再然后是全校级别的评比，据说还有全区级别的评比。

那个时候，有些学生刊物上会介绍一些年纪轻轻就专利等身的天才儿童，给人感觉特别有才华，而且特别激励人。

这种发明不是做做秤、包包糖就能够应付的，好在我早已想好了要做什么。

有一种电子贺卡，打开就会唱生日快乐歌。我曾看过一些同学把贺卡里的小元件拆下来，安装在文具盒里，一打开文具盒就会唱歌。

我觉得这是我的智商和手工制作水平能够达到的一个设计，于是我就去买了贺卡。

首先要做的就是把刚买的贺卡破坏，将藏在卡内的小元件取出来，于是咔嚓一下，我这一剪子就把里面的一根线给剪断了。

音乐文具盒，就此夭折……

我跟妈说再买一张贺卡，我妈无情地拒绝了，我感觉特别悲伤。

无奈，我只能用自己存的钱买了张新贺卡，这次可要小心了……我如同拆炸弹一样小心翼翼地操作着。

虽然核心道具成功取得，但事情并不像我想的那么简单。

无论我如何想方设法，也不能很好地将那个电子元件粘在笔盒的开合处，并且在折腾的过程中再次出现了新问题：不管我开笔盒还是关笔盒，它都在那边唱个没完没了。

我还能做什么呢？我开始为没有发明而感到恐慌。

还好，我想到了万能的哆啦A梦。

有一集是讲大雄拿纸做了个火箭的外壳，里面放入一个气球，给气球充满气之后，一拔塞子，火箭就会嗤嗤乱飞……

大雄都能做到，我没理由做不来啊！

可事实证明，我又失败了。

火箭外壳不知道怎么做，我尝试把几个硬纸板用胶布黏在一起，造了一个光是放在那里都濒临解体的火箭。

这种死期在即却无能为力的感觉，在未来的写作生涯里久久困扰着我。

鬼使神差地，我想到了又一个发明……

第二天，我去学校。

老师念名字，大家一个个地晒自己的发明。

我发现做音乐文具盒的同学不在少数，而且多数成功了。真奇怪，他们是怎么做到的？为什么我做不到？

后来叫到我了。

我从书包里拿出来的东西，是个小篮子，里面有个小熊。这是我买的小精品，大家看了议论纷纷，难以想象这是个什么发明。

我吹大一个气球——就是昨晚没能成为火箭燃料的那个气球，然后把它绑在篮子上，朝空中一抛——

小篮子载着小熊晃晃悠悠地飘下来。

全班肃静。

老师迟疑了很久，“这是什么发明？”

我悠悠地回答：“热气球……”

在全班同学的爆笑声中，我成了本次发明大赛最无悬念的落选者。

3

关于那次比赛，我们班有两个发明脱颖而出。

其之一出自我的挚友菲菲。他的创意其实跟音乐文具盒一样，只是他把那个感应机关装在了盒子里，然后把盒子安在了门上，弄得像个门铃，菲菲称之为防盗设备。

门打开到一定角度的时候，就会开始奏乐。想想夜深人静的时候，小偷鬼鬼祟祟地推门进屋，黑暗里忽然响起刺耳的“祝你生日快乐”，还不把他吓死！

当然，也不排除那天刚好是小偷的生日，他感动于如此真诚的祝福，良心发现，重新做人。

另一样发明来自我人生最初见识的伪娘。

那是一个清秀且温和的男孩，但从小在姐妹堆中长大，举手投足都仪态万方。我的大学室友“容嬷嬷”往他面前一站，阳刚如摔角手。在此按照名字的缩写惯例，称她——不，他——为丽江。他就是跟我的老友“小猪”同名，但是多一个姓，以至于为了区分都喊全名的那位。

丽江发明的是一种衣架。传统衣架要靠钩子才能挂在晾衣杆上，偶尔风大，就会被吹下来。而丽江发明的衣架则将钩子改成了环状，就算风吹得衣服绕竹竿360度旋转也不必担心掉下来。这个发明多接地气啊！大家交口称赞。

两样发明后来都送去区里评比了，好像都得了奖，但应该没捞到能让他们衣食无忧的专利权。

4

其他做手工的记忆就不值一提了。

有一次，我在一张作业纸上精心画了一幅飞行棋图，还用橡皮做了个骰子，算是个人自发DIY生涯的巅峰之作了。

还有一次，劳动课老师教我们雕水仙花，我学得特别认真，下课的时候，水仙花变成了水性杨花，满地的碎片，好一株残花败柳。

初中的时候还做过一个很带劲儿的东西——防毒面罩，按照书上教的，在一个纸筒里装入砖屑、铁丝网什么的。据说这样一来，戴上它出入空气污浊的环境就能呼吸自如，因为毒气会被过滤净化掉。

可惜完工的瞬间，我就发现这个套在嘴上就能去演猪八戒的面罩被我塞入了太多材料，以至于重得根本没可能好好地戴在脸上，除非我走路时仰面朝天。

出生入死的场合，这种傲慢如海贼女帝的姿势真的不太好。

人生最成功的手工，大概还是纸杯电话吧！两个一次性杯子和一条棉线就能完成，效果还立竿见影，只要把线拉直，声音如在耳边。

到了高中和大学，DIY的机会就基本没有了，前者是一切要为高考让步，后者则有比手工多得多的乐趣等待体验。偶尔自己包个饺子下个厨，就算是顶了天的手工了。

我从来没有对技术宅的身份有过期待，所以没什么好可惜的。

非要说，我只可惜，已经没有人记得我发明过一个热气球……

小娱乐家

○
●
○

1

小时候的我特别勇敢，总是有股初生牛犊不怕虎的气势，长大后才变得越发保守。成长轨迹似乎符合“人是光溜溜来到世界，然后才学会穿衣服的”这一流程。

我因为识字早，阅读量很早就超越了同龄人，再加上胆子大，所以从幼儿园起就经常有上台讲故事的机会。这个优点到了小学仍然得以保持。

我会讲的故事比老师都多，渐渐就得到了前往更大舞台施展的机会。

我们学校的活动还算是应有尽有，作文比赛、算数比赛……一个也不少。

说起算数比赛，老师总是临时抽几个尖子生去参加，我也曾入围，但我没有卷福那种扫一眼题目就立刻说出正确答案的技能，所以不明白老师为什么选我。

跟同去的小伙伴诉说我的疑惑时，他表示自己的心算也很慢。

然后我说："不过我笔算还挺快的。"小伙伴立刻产生共鸣，说："我也是我也是！"

顿时，我释然不少，因为这世界上没有什么比同病相怜更能安慰人的了。

结果比赛开始后，我从没完没了的笔算题里扭头看了小伙伴一眼，只见他正唰唰唰地填空，和我完全不是一个等级！顿时我心碎成渣，觉得以后再也不能愉快地玩耍了。

还有一个比赛我没参加过，可能是因为长得太喜感了。那是一个爱国主义主题的演讲比赛，老师选了一个中气十足且看上去苦大仇深的同学。

比赛开始，每个班的同学轮番上台演讲，然后评委老师在下面打分。

第一个同学演讲的题目叫《金窝银窝也不如自己的草窝好》，讲述了一个留学生学成后毅然回国建设"四化"的故事。一号选手声情并茂，感动中国，取得了很好的反响。

过了一会儿又有一个同学上台，演讲的题目也叫《金窝银窝也不如自己的草窝好》。

于是我们又听了一遍由不同声优演绎的新版本。过了一会儿又一个同学上来演讲，题目也叫《金窝银窝也不如自己的草窝好》……

这个感人肺腑的演讲文章在反复听了五六遍后，全场意兴阑珊，再多听几次可能会产生"你何必要回国，干吗不待在国外算了"的反动思想。

还有一个同学甚至因为过于紧张，把演讲题目说成了《鸡窝淫窝也不如自己的狗窝好》，引得全场爆笑。我要是评委就当场给他满分，怎么说这也是一种突破啊！

好吧，似乎扯太远了，还是回到我谐星的才能上来。我第一次冲出班级走向全校的机会，诞生于四年级。

2

四年级时，我们遭遇了一位毕生难忘的班主任，至少在我接触过的老师中，堪称最奇葩之存在，在此称之为三菱。关于她的事迹，来日方长，此处先按下不表。

三菱选我代表班级在校联欢会上讲故事，名字叫《猴子吃西瓜》，内容是猴子们捡到一个西瓜，但不知道怎么吃。一只小的说该吃瓤，一只老的说吃皮，后来尊老战胜了爱幼，猴子们集体瓜分了皮，只有小猴含泪吃瓤。

里面有一句台词，老猴子非常得意地说：“根据我多年的经验，吃西瓜当然是吃皮啦！”这让我明白了猴子为什么没法进化成人。

给班上的同学讲故事时，我多是即兴发挥，但这次是给全校同学讲故事，可不能那么随意。

演出前的那段日子，三菱总是见缝插针地训练我。首先，我必须把整个故事一字不漏地背下来，然后再根据故事内容调整自己的语气动作，总之声音要矫揉造作，动作要古灵精怪……

正式演出那一天，我不必捏着嗓子都会有阴阳怪气的效果，因为麦克风的效果实在是太差，场下观众听不清楚，就开始各自聊天。

气氛如此差，我再怎么用心做动作也没意义了，索性就只是把整个故事背了一遍。

结果，大家对我的朗诵表演报以热烈的掌声。

3

我的脑海中还有几个跟演出有关的记忆。

有一次，大概是猪年，台上表演的节目是一群同学戴着猪的面具列队登台，我不禁脱口而出：“啊！猪仔示威游行！”

我那时的班主任当场喷了，事后夸我真是妙语连珠。

还有一次，可能是猴年吧，我们的一位体育老师画了个京剧里的猴戏脸谱，他在台上舞棍子耍猴拳，需要一群小猴子在旁边乱蹦助兴。

我成为了其中一只小猴子，我需要两件道具，一件黄色的毛衣和一个猴子的面具。

面具倒是不难找，但是那天来学校，我发现自己穿了一件绿色的毛衣，当下大惊。老师一看也是一副恨铁不成钢的表情，仿佛我不是穿了绿毛衣而是戴了顶绿帽子。

这件事情最后以我跟一位同学借了一件土黄色的衣服而解决。但实际上我的亮相根本可有可无，无非是跟一群猴崽子冲上去围着大圣叫几声，就完了。

还有一次演出，我没有参与，却至今难忘，节目名叫《夜半鸡叫》，就是周扒皮学鸡叫让长工起早贪黑做工的老故事，放到现在不改名叫《风流地主俏长工》之类的，肯定票房惨淡。

这次演出的效果从头到尾都很差。饰演地主婆的是一个脸圆圆的美少女，她的台词是看着满头满脸都是鸡屎的地主哭诉，“我的老头子啊……”

不过表演当天她笑场了，于是一场哭戏演变成地主婆看到当家的倒霉自个儿先乐了的神逆转结局，引得全场爆笑。放到文革时代，这地主婆大概能被当成大义灭亲的先进逃过批斗、从轻发落的吧。

五年级的时候，我还跟同班的男生番茄君一起上台讲过相声。

这个相声的脚本内容是两个人互相叫对方外号，然后在此过程中发现了社会主义大家庭的美好，遂决定洗心革面的富有教育意义的故事。

但是排练了几遍之后，效果却不理想，差到编剧和两名主演一致想要放弃的程度。

最后，我们决定对相声脚本进行返工修改，由我们当时的语文老师亲自操刀。修改之后的相声包袱不断，且都出人意料。鉴于我对相声的阅历有限，实在难以分辨其中到底有多少是借鉴，多少是原创。

记得有一段是这样的：

我：爸爸，给我五毛钱。

他：去，去马路上捡。

我：马路上没有钱。

他：可是有一首歌明明唱的是“我在马路边捡到一分钱”。

我：那也就一分钱啊，我要五毛。

他：你去五十次就有了。

怎么现在觉得完全不好笑呢？小学时代的我，笑点是有多低啊！

但这个相声好评如潮，彩排的时候，评委之一的大本钟就笑到桌子下去了，演出当天也是惊艳全场，因此这个相声算是我小学舞台生涯的代表作了。

4

接下来要说的，是我小学参加的演出里最威风的一次，因为我终于可以冲出学校，走向地区了。那是一个区联欢晚会上的表演，而且不是什么相声、小品、讲故事之类常见的节目，而是十分洋气的童话剧！

剧名叫做《骄傲的公鸡》，讲述的是一只公鸡傲视全体家禽甚至自不量力跳水游泳，险些淹死，最后终于洗心革面重新做鸡的故事。

剧中角色众多。首先是主角公鸡，然后是它的脑残粉——一群小鸡鸡，还有后来在拯救落汤鸡的剧情高潮中有出色表现的鸭子。

在我长达数小时的演艺生涯中，我向来是非主角不演的，但这次演公鸡的是我好朋友，至于我，在这个明显是农场背景的故事中，饰演一只猴子。

不要纠结为什么我会是一只猴子，也不要纠结为什么农场里有猴子，我把这一切归结于我是一个不太明显的小胖子，加上我有讲猴故事和扮演小猴子的演出经历。

这部剧是在假期里排的，然后在区里的一个剧场演出。排戏的过程苦不堪言。

负责要猴的是当时的副校长和大本钟，这俩人可能是《西游记》看多了，抓耳挠腮上蹿下跳的动作真是信手拈来，并严格要求我必须做到这个程度。

自尊心甚强的我，实在放不下身段在人前如此活泼。但被调教了那么久，到后来我也就自暴自弃了，每天一上戏，就开始嘻嘻哈哈地装疯卖傻，自暴自弃的演技人人称道。

这个童话剧很用心的地方还表现在每个人都有戏服。比如主角大公鸡，披红戴绿，五彩斑斓。当然，作为配角的猴子也有戏服，一身类似把帽子袜子秋衣秋裤缝在一起的黄衣服，中间有一条拉链，帽子上缝着耳朵。作为一个腰粗腿粗的胖子，我穿上之后，任何人一看都觉得这是一只中年发福猴。

第一次穿着戏服排练，我刚翻了个跟头，屁股那里就嚓一下，裂开了。

整个排练室里的人全都笑得死去活来。

这身衣服还有一个致命缺陷，那就是——没有尾巴！身为一只猴子，赘肉都有了，却没有尾巴，搞笑吗？

在我提出抗议后，老师们把衣服送去打了补丁，于是我的猴屁股上多了一条毛茸茸的狐狸尾巴。

导演和服装师们到底是怎么想的啊？

从此，这出童话剧里就有了一只胖嘟嘟的长着狐狸尾巴的猴子。我总感觉自己往那儿一站浑身都是槽点，全村的鸡鸭鹅狗为此频频笑场。

不管怎么样，最后的正式演出非常成功。我在台上表现自如，除了身材和尾巴实在无计可施，其他一切都做到了最好。

但老实说，因为排练了太多次，实际上台的时候已经没什么感觉了。不过这次演出倒是有一点令我至今难忘。

过去，我的演出都是在白天，这次却是在晚上。我们这些演员被要求演出前不要回家吃饭，大家一起去下馆子，然后直接去剧院。

大家边吃边嘻嘻哈哈聊天。饭店的食物比家里丰富和美味，每个人碗里都有卤蛋和鸡腿。要是有男孩和女孩碰巧夹同一个菜，就会被三八分子嘲笑是天生一对。饭桌上，没有人担心待会儿的演出，大家的心情完全就像是参加露营。

如果说当时的表演有那么点让自己脱离规律的日常生活的地方的话，那么就是当时那一餐，因为对于一个每天准点回家吃饭、食物内容大同小异、夜晚不允许外出、下馆子必然由爹妈带着的孩子来说，集体下馆子吃饭是一件多么新鲜有趣的事情。

对两个同学的怀念

高中同学小聚，大家聊起了蓝。

蓝是我们同学中最风流的一个。

从高中开始，我们就经常分享蓝的花边新闻。在我们还在纯情地为暗恋某个人而遮遮掩掩的时候，蓝的心思就已经全都放在如何让顺眼的妹子不再遮遮掩掩……她们的身体。

与其说他是在谈恋爱，不如说他只是痴迷于转型成大人的某种神秘仪式。

蓝算得上高大帅气，还能唱两嗓子。有一次学校晚会，他上台深情一曲，那份气度自信而潇洒，不知道征服了多少妹子。

蓝的学习一般，但英语口语出众，因为他坚信唯有如此，将来遇到了洋妞才不会错失良机。

蓝高中之后没有继续升学，而是选择考雅思，进一步打磨他的英语，同时酝酿着出国的机会。

后来机会真的来了。

蓝认识了一个澳大利亚的华裔，只要能和她结婚，蓝就能顺理成章地移民国外。

蓝下了很大力气去泡她，最终如愿以偿。成为澳大利亚人之后，蓝做的第一件事就是离婚，因为对于他无穷无尽的猎艳生涯来说，有妇之夫的身份实在太累赘了。

“我也是很佩服那家伙，”介绍蓝近况的朋友说，“我们走在路上，看到一个女孩子长得漂亮，他会立刻上去很坦白地表示对人家有兴趣，问能不能进一步发展。”

“成功率高吗？”我们问。

“还可以。有些人看中他帅，有些人反正也只想玩玩而已。这两类女生都会很欣赏他这么开门见山。”

我们不禁痛心这个社会的世风日下，否则蓝这一个巴掌很难有机会拍响。

记得《流星花园》里，有个叫西门的有句名言：“对我来说，每个女生的保质期只有一个礼拜。”而蓝做得更绝，他与女生的缘分从来都能换算成钟点房的起步价。

于是我们不禁产生了一种很传统的好奇，“难道他就从来没有真的喜欢上哪个女孩吗？”

“没有。”八卦源摇头，“我告诉你们他的生活简单到了什么地步。他不玩游戏，不看电影，不看书，不喜欢旅行，不喜欢运动……总之，正常人的一切兴趣爱好他都没有，他只喜欢追女孩子。”

“可是兴趣爱好丰富一点，追到女孩的几率不是也更高一点吗？”

“那太浪费时间了，他宁可靠脸去钓那些一拍即合的，也多亏他有一张脸，否则可能也无计可施了。他说他的电脑里只装各种各样的交友工具，他每天就开着一大堆社交软件，同时跟一大群女生聊，哪个妥了就出去浪。”

听了有关蓝的八卦故事，我们叹为观止。

“说起来，他有天忽然打电话给我，说征服的妹子达到一百个了。”某同学插嘴控诉。

我们很想骂蓝是个人渣，他怎么能像集邮一样追求这种成就！但转念一想，他得手的所有女生全都是目的单纯的类型，这里面不存在任何骗财骗爱的元素，说白了不过是各取所需。如果那些女生也都像蓝一样，不想着祸害三观正常的异性，那这种物以类聚的征服也算是为民除害了吧。

也许唯一算不上跟蓝互相利用的，只有那个提供给他澳大利亚国籍的女生。

“你们知道其实我最不满的是什么吗？”八卦源痛心疾首，“那小子居然连朋友都不要了！”

他开始历数蓝因为过分醉心他的“集邮”事业，连一点点多余的闲暇都不屑分给老友。在澳大利亚时也就算了，偶尔回国，也总是抓紧时间呼吸家乡的骚气，一切维系友情的行为都能省则省，且对此表现得理所当然，态度和追求女生时一样坦诚。

“人怎么能没有朋友呢？万一将来出点啥事儿，难道真的不需要朋友帮忙？将来再也玩不动了，不还是需要朋友做伴嘛！”

我静静地听着，这个话题快要结束了，蓝的浪子生涯还会继续，谁都管不着，也没人要管，而在座的肯定不乏嘴上吐槽、内心神往之辈。总之，这气氛真是有点堕落，某种意义上，关于朋友的论调也算是强行赋予了这场聊天一个反思性的结尾吧。

散场后，八卦源开车送我回家，一路兀自对蓝进行意犹未尽的批判。考虑到高中时代他和蓝走得那么近，我几乎要脑补他是因为被好基友始乱终弃了，才会在此刻如此抱怨。

“不过你说得没错啦，人是不能没有朋友的。”我附和道。

“是吧！”他说，“拿前几天说，我一哥们遇到了困难，我带头借钱帮他。虽然跟他认识没多久，但这就说明了朋友的重要性啊。”

“你借了多少？”

“两万。不过后来他说钱够了就没要，但还是非常感谢我。”

“我们是老朋友了吧？”

“是啊。”

“我刚好缺钱，借我吧。”

“别开玩笑啦。”

“真的。”然后我开始如数家珍地告诉他我为什么缺钱。

“喔……没问题啊，这样，我晚上跟媳妇商量一下。”

后来，我就再也没收到他的消息，从此也就断了联系。

这真是一个始料未及的结局。

你毕业时下雨了吗

你，就是你，恭喜，今天毕业啦！

最后的那场考试考得好吗？好不好都随它吧，随它吧，回头已没有办法，而未来等待着你的考试还有许多，出题人也会从老师升级为老天。也许那时，你会怀念这个考砸了之后挨顿打就能了事的年龄。这些打可是挨一顿就少一顿了，所以请怀着不舍，充分享受鸡毛掸子与屁股的协奏曲吧！

你就要走出校园了，这最后的脚步不妨放慢一些吧。别以为你总还有机会故地重游，谁知道呢？况且即使再回来，你也不再是现在的你了。盖着毕业的邮戳，你被寄往明天，从此这所学校的操场上再没有你的一席之地，你会在通往未来的路上渐行渐远。你成了学弟学妹们口中的学长学姐。你是一盆泼出去的水，所幸至少不是脏水。所以，走得慢一些吧，就算是补偿过去那些日子的匆匆忙忙。

你应该边走边东张西望。反正你在课堂和考场上没少这么干，这会儿还矜持啥？好好看看这校园里的风景。从教室到操场，从小卖部到大礼堂，从图书馆到林荫道，从厕所到垃圾堆……比现在更年轻的你的点点滴滴就洒在了这些地方，你怎能不对它们有所留恋呢？未来少了你，这些风景仍是风景，也许还会是更美的风景，但，毕竟少了你。

你毕业了，是否也会从某些人际关系中毕业呢？一些人，你知道你们后会有期，也许哪天他就会忽然出现在街角的咖啡店，而有些人，你肯定恨不能跟他老死不相往来，也许他们曾让你吃一堑长一智，也许他们曾侧面增强过你的抗打击系数……但要为此心怀感激，乃至相逢一笑泯恩仇？拜托，还是先考虑一下老死不相往来的问题吧！

天下无不散之筵席，但我们想跟要好的朋友续摊。

我们送走了讨厌的人，那么喜欢的人呢？你知道我说的是哪种喜欢。如果你们有所谓的来日方长，那就请继续将这种喜欢放在你心中的藏宝箱里吧。可要是你都不知道什么时候还能再见，为什么不试试跟TA说点什么呢？写这篇文章的人就曾在小学毕业时接到一个女生很勇敢的电话……

我个人觉得充满遗憾的回忆并没有什么升值潜力，如果两个人未来只能靠“同为社会主义接班人”这样的联系死撑着，那还不如得到一个沮丧的答案来得浪漫。

你毕业时下雨了吗？

我毕业时，雨下得挺大。我故意不穿雨衣，骑着单车在雨中乱叫，样子看上去很神经病，但我觉得毕业是个特殊的时刻，每一次毕业都是不可复制的，应该做些什么来加以纪念。未来回想起那一天，我有一场淋漓的雨，一顿放肆的叫……你会有什么呢？仅仅一个日期吗？

哎，你发现没，“毕业”两个字连起来念得快一点，会很像“憋”。

仔细想想，在学生时代，憋的确也曾是个关键词。学习上你要憋足劲儿向前，写作文你要努力地憋字数，总有讨厌的人和事令你感觉憋屈，课间没及时上厕所也让你饱尝憋的苦果……

还有，快告别了，你可有挣脱了束缚的自在感？如果有一点点想哭，你会憋着吗？

不要了吧！尽情地哭吧！

因为同样的离别你还会经历一次又一次，直到麻木，所以在泪腺还柔软的时候，请不要吝啬！

三千烦恼丝

我发现我的头发又长长了，这真是悲剧，因为这代表着我又要去理发了。刚理完发的脑袋至少得过半个月才能见人，当然这还不是最重要的，重点是眼看着刘海历尽艰险、匍匐前进，好不容易爬过了眉毛，即将覆盖上眼睛，就要被残忍地咔嚓了。曾几何时，那一剪子对于我的意义不亚于净身。

小学的时候，我并没有什么留头发的概念，不，那时候的我甚至连头发的概念都没有！什么蘑菇头啊，平头啊，都是些听不懂的发型，去理发店，通常都是兴之所至地对师傅随意提出一个，然后师傅用他那并不高明的技术操作一阵儿，然后我就得顶着那个发型招摇过市一阵儿。

平头应该是那时最常选择的款式了，可以省下不少雕琢头发的功夫，反而是头发留长了以后带来了许多烦恼。比如有一次赶着上学，头发没来得及梳，乱蓬蓬的。走进教室时，班主任关切地询问，“昨晚是睡在鸡窝里吗？”

还有一次，我把摩丝当成了洗发水洗头，效果十分惊悚……现在想来，当时的我是多么天然萌啊。

中学的时候，我才注意到不该暴殄天物，这脑袋就好比是一亩梦田，我应该用它种桃种李种春风，而不是任其荒芜。提醒我这一点的是班上一位姓任的同学，而此人也的确很任性。有一年暑假结束的时候，他飘扬着一头秀发来到学校，立刻就引起了大家的围观，他本人也十分谦虚地表演了把长长的刘海拉进鼻孔或含在嘴里的绝技，以示自己头发的尺寸是多么傲人。于是，就在那一天，无数男孩子年轻的激情被点燃了！

全班同学开始了酝酿头发的过程。每天，班上看到最多的动作就是男孩子们用手指揪住刘海，将它往下拉，仿佛它是拉链一般，大家纷纷以自己刘海的触角最远能伸到脸上的哪个部位为荣。有一位李姓同学的刘海竟然伸到了下巴的位置，大家都非常羡慕。

每当有大风吹过，这些刘海比较长的同学就会情不自禁地顺风甩头、舒展秀发，这个时候如果再配上一两句经典的洗发水广告词……那他们就是专业的洗发水广告模特了。

那个时候跟我一起投身留发运动的还有我英俊的表哥。他私下向我传授了长头发秘诀，他说头发就好比庄稼，要经常浇水施肥才长得快。因此，他每天要洗三次头，早中晚各一次，基本跟三餐同步。

就在我质疑这样做会不会导致脑袋中毒的时候，表哥科学地宽慰道：“不会的，这只是促进头发的新陈代谢，让它加速生长。”那段时间，据说表哥家里的洗发水用得特别快。表哥告诉我，为了不让他老妈斥责他太浪费，他经常趁大便时悄悄洗头。我感动地说：“我真想知道你妈妈看见你大便大得满头湿漉漉时会有什么感想啊……”

我到底没能像表哥那样给头发“开小灶”，只能期待它按部就班地迎头赶上。看到这里的同学，你一定觉得那时候我们的蠢和无聊吧？但是想想，那是一种多么单纯而宝贵的心态喔，比起那些攀比身高、攀比成绩、攀比零用钱、攀比女朋友的人，我们攀比的居然只是头发的长度！只要你不去半路出家或者去化疗什么的，你就拥有最天然的资产。这样想来，这种攀比真是再健康不过了。

不久，我欣喜地发现日子有功，我的头发终于长到了令人满意的长度，视野终于开始变得若隐若现，这种被妨碍的感觉，真是太好了！当然，这个时候，那些比我更早开始留头发的同学更是望风披靡了。比如那位李姓同学，他平常需要很小心地将长长的刘海固定在额头上，因为只要稍微一晃脑袋，他的刘海就会披散下来，然后他就要像拉开窗帘那样拉开头发，好让自己的五官重见天日……

一般来说，留头发的时候为了力求均匀，两侧啊，后脑勺啊，总是要一起留长的，但这样下去的话，班上势必会出现一群披肩发，那就男女莫辨了。好在大家普遍只对刘海情有独钟，可能是因为刘海正好在前面，最具冲击力吧。久而久之，我们班就充斥了一群前面的头发远比后面长的同学。那样的发型，远远看去，会以为一个人的脑袋长反了。

当时还有一个同学非常野性，他染头发了，并且还挑了绿色来染，很明显他完全没考虑到男生戴绿帽子意味着什么。不过他毕竟还是学生，不敢染得太明目张胆，于是只将头发的内侧挑染了一下。这样一来，他走出校门之后，只需要将头发朝后，梳成大背头，就能迅速变身为一枚青椒。而走进校门的时候，他只需要乖乖将梳起的头发放下来，又能令老师们看不出破绽。不过说是这样说啦，后来他还是曝光了。一位察觉到异样的老师随手将他的头发一撩，就产生了发现草坪的既视感。老师惊慌之后便是盛怒，男生们宛如不良少年一样追求前卫发型的风气终于引起了校方的重视……

之后的日子，老师们从校外请来了理发师镇守校门，严格过滤每一个头发有过长嫌疑的男生。如果有男生不愿意自己去理发店作出了断，那便只能够按老师的意见由那位理发师操刀，结果就是每个男生的头发无一例外地变成大平头——没有彻底剃光，已经算是手下留情了。

我辛苦培育了那么久的刘海也在这场没有胜利希望的战役中光荣阵亡，从此只好在寒暑假的时候见缝插针地延续梦想。

上了大学之后，一切自由，于是我决定轰轰烈烈、痛痛快快地将蓄发运动进行到底。披肩呀，染发呀，想尝试的都尝试过了。在走出校门、结束无法无天的放肆年华之前，总算也让自己没有了遗憾。现在，我观赏完镜子里那个头发长势颇具规模的自己，怀念完以前那个会为头发又长了一厘米而雀跃的自己后，最终还是决定——找个时间去理发！

现在的我，发现自己从来就不适合留长发。

深夜大冒险

○
●
○

初中时的某个夜晚，我和老爸发生了激烈的争吵。

具体原因记不得了，反正那阵子我们总是吵得没完没了，任何微不足道的事情和情绪都能引发我们之间的核爆炸。

这大概就是所谓的青春叛逆期吧。小时候是“一天不打，上房揭瓦”，那时候是“一天不吵，上坟拔草”。

总之，我们吵得互不相让，吵到我必须摆出一个前所未有的姿态来表达我的桀骜——抓起钥匙，摔门而去。

那之前，我很少在晚上出门。我的生活是再标准不过的三点一线，每当有同学相约夜晚出去玩，我都会觉得他们不是正经人。

而那次我走得那么坚决，背影那么完美。老爸也并没有阻止，他要用他的不阻止来表达身为一家之主的威严。

我骑着自行车离开，想兜兜风散散心。自行车在我的脚下不停地穿过大街小巷，但毕竟我生活的镇子太小了，我很快就循着熟悉的路线把它转了一圈。偶尔看见游戏厅、网吧之类的场所，却没有胆子进去，即使我感觉自己正在做着比那更勇敢的事。

一个多小时之后，我的气已经消了，接下来就是怎么回家的问题。都甩出那样义无反顾的脸色了，这么早回去太丢人了。

我必须想办法来消磨时间。

我们镇上有一条沿江大道，从我们这儿的郊区通往市中心，我们称之为进城。公共汽车进城大概要开近一小时，我忽然想，骑自行车能不能进城？

我就这么做了。

沿途有路灯，也没有作奸犯科的黑帮或野狗大军，只有一辆辆车从身边飞驰而过，除此，周边分外安静。我一边骑车一边唱歌，把我喜欢的歌曲一首接一首地唱完，身心都很放松，也并不觉得累。

约莫两个小时后，我到达了城里。

城市的灯光明媚灿烂，路况也更加复杂，下一步该去哪里，我又迷茫了。

我想，我大概可以回去了。

我在一家唱片店挑了两张喜欢的民谣CD，作为这个夜晚的纪念品。本来我是想周末约朋友一块儿坐车来买的，进城对我们来说可是一种出远门一样的行为，一定要找个伴儿的。

返程的路我足足骑了三小时，因为我已经精疲力尽了，许多下坡变成了上坡，许多顺风变成了逆风，我也已经累到没有唱歌的心情。

慢得几乎要停下来的时候，我看着黑茫茫的前方，回望黑茫茫的身后，心跌入了恐慌，感觉好像永远到不了家了。

不知过了多久，反正我终于到家了。令人悲愤的是，想象中父母鸡飞狗跳四处寻觅或者坐立不安彻夜守望的情景并没有出现，有的只是破墙而出的鼾声。现在想来也好，否则真不知道那个夜晚该如何收场。

我听着民谣，很快就睡着了。

这事儿后来再也没被提起过，除了次日老妈随口问了一句昨晚去了哪里，它仿佛没有发生过。

后来的日子，我还是常常跟老爸吵架，但再也没有离家出走。只是他们都不知道我的新爱好，我会在全家人都睡着后悄悄出门，在午夜的空旷马路上信马由缰地骑车，有一条完全没有灯光的必经之路，我骑得战战兢兢，冷汗在黑暗的包裹下渗出来。

那条路长得令人绝望，感觉永远到不了头，每当它终于结束，我都只想快快回家，睡一个有梦的觉。

一次疯狂

○
●
○

1

有个舶来的流行词叫“中二”，本意是指初中二年级时一些学生自我意识过剩的表现。当然，初二不是必要条件，犯傻本身就是某些人的毕生事业。不过，初二的确是个有代表性的阶段，那是一个身体与三观都处于将熟未熟的微妙转折点的时期，许多不堪回首的往事也就在这时发生。

我对世界的改观也大抵是从初中开始。

小学的我可谓是风光无限，不管是成绩还是个头，都比同龄人拔尖许多，再加上家境良好，多才多艺，所以堪称人见人爱。我刚上初中的时候给自己提了一个要求：千万不要像小学时期一样表现得太出众，否则的话就要承担许多任务。正所谓“能力越大，责任越大”，而我希望过一个懒散的青春。

现在回忆那时的心态，真感觉那时的自己真是——优越感太强烈，自我感觉太良好！

如此不要脸的我很快就遭到了报应。

初中正是蹿个儿的时节，周遭的男生仿佛一夜之间集体打了鸡血，竞赛般开始拔节，而我身上的鸡血似乎全都流窜到了脸部，个头长得不甚明显，痘痘却冒得不亦乐乎，我在人群中脱颖而出的理由也从“那人长得好高喔”变成了“那人皮肤好烂喔”，怎不令人伤心落泪。

至于成绩上的优势，就更是“往事不要再提，人生已多风雨”，从名列前茅沦为倒数第几的落差是一种比蹦极更令人感觉酸爽的体验，总之，我的智商还停留在小学没毕业就对了……即使在写作和演讲方面还有些可取之处，但想要做到人见人爱太难了，有几次暗恋失败的经历更是给了我沉重的打击。

意识到自己不是世界的核心其实是件好事儿，那说明短浅的目光迎来了质的飞跃，然而那也意味着，我将会了解到更多事情并不如自己所想的那般单纯。多年后的同学会上，大家交流起某某老师的极品事迹，我只有一愣一愣的份儿，怀疑我们上的是不是同一所学校。心灵鸡汤里总教我们拥有一双发现美的眼睛，我却将其幼稚地演绎成了对肮脏现象的迟钝，以至于一些真相必须以充满破坏性的形式闯进我的生活。

比如，遭受不良少年长达一个学期的霸凌。

2

日本有着悠久的校园霸凌文化。

所有霸凌题材的作品所共同描述的，无非是那些还在靠父母豢养的未成年人滥用社会的宽容，横行霸道。初生牛犊的有恃无恐，远比成年人的铤而走险更可怕。

我也看过此类题材的许多作品，包括动漫、电影、小说，常常是一边享受一边泪流，同时也会产生一些类似“连死都不怕，为什么不干脆拖着他们去死”之类隔岸观火的风凉话，但通常都会在代入自己初中时的遭遇后，无奈地闭上嘴巴。

大学是我求学生涯中最愉快的一段时光，主要是因为当时根本没在求学；高中则是求学生涯最无聊的一段时光，因为真的花了很多时间在求学上；至于初中，则有着最不愉快的求学经历，因为这是我人生最不愉快的时光，但某种程度上来说也是对我帮助最大的求学时期。

那段黑暗时代开始的信号，大概是一群男生率先把头发留得奇长无比，喝汤时能顺便洗洗刘海那种的那个时候。那个时候，下了课有些人会聚在走廊上，淫笑着探讨一些具体写出来就会导致本书无法出版的不健康内容。这些男生并不都是不良少年，但既然有良少年都开始放纵了，那不良少年的活跃程度也可想而知。

我所在的小学风气不错，作为好学生，我基本也只跟好学生玩，又受到老师的保护，真可谓不知人间疾苦。那时候，我跟不良少年的遭遇战只有两次，一次是被人抢了帽子，另一次是被人抢了五十块钱。对于一个生长在温室中的花朵而言，那已经是当时的我所能想象的罪恶巅峰了，至于漫画作品里那些劲爆的情节，应该不会出现在现实世界里，然后我所有关于校园恶霸的预期，到我遇上了初中班上的不良少年时，才开始一一应验。

不良少年之一，大林。他为我展示的是挑战神圣不可侵犯的教师权威。某一次，老师讲课的时候他在下面说梦话，于是老师就用课本一拍，企图惊醒梦中人，结果大林瞬间跳起，不依不饶地质问老师凭什么打他。在教育界叱咤风云多年的老师没料到他会抗议，当时就有点发蒙。他们二人之间的争吵持续了十几分钟，后来不了了之，但大林挑战权威的英勇形象让当时还是乖乖少年的我们叹为观止。

不良少年之二，伟伟。他的名字比其本人可爱，他是第一个将校园的世界观与社会的世界观打通的人物。某日，我们正上着自习课，缺席的他不期而至，身后还跟着两个社会瘪三，他们追着伟伟直接跑进教室里，把他堵在卫生角一顿暴打，扫帚簸箕课桌等纷纷倒地，喧嚣一番后，三人又绝尘而去，给整个班级留下一个没心情自习的寂寥空间。

不良少年之三，FZ。这人除了相貌惊人，最显著的特点就是手贱。他曾经因为手贱，拉着拽下来广场上的绳子，一个宣传气球，然后恶作剧地拿打火机烧，引发了一场规模不算小的大爆炸，导致自己的半张脸毁容。直到快毕业的时候，我们才看到那张整形过的脸重新进入视野。

仅从惨烈程度来说，FZ的经历大概能够完爆一干不良少年，而且实在是太没有智商了……

三个不良少年并未直接破坏过我的生活，但他们却以各自的形式提醒着我：你过去的生活弱爆了。很多年后我见过了世面，回头再看上述案例，都不以为意。可是对于当时还是白纸一张的我而言，它们是那么有冲击力，也正是由于这样的冲击力，导致了我在受CS欺负的初期，完全没想过反抗。

CS是一款著名的射击游戏的英文缩写，而CS其人也的确像那款游戏一样富有攻击力。他是个胖子，身材高大粗壮，平常总是嬉皮笑脸的，凶起来又让人不寒而栗，总之给人的感觉就是个喜怒无常的暴君，轻易不能得罪。

我跟CS原本交集寥寥，察觉他是个危险人物是在一个午后的黄昏：他和他的几个哥们儿正押着阿达，走向学校的自行车棚。

阿达是我们班最瘦小的男生，却总是喜欢散发与其外形不相称的优越感，类似《哆啦A梦》里的小夫，因此不是很讨人喜欢。可当时他被CS强行勾肩搭背，几乎是拖着带往车棚，整个脸惨白得像是掉进冰窟一样，平常的神气荡然无存。到了车棚之后，CS的狐朋狗友负责把风，重头戏则由CS与阿达一对一出演。

再见到阿达时，他的脸上有鲜红的掌印，还有比之更清晰的泪痕。我不知道CS对他做了什么，我所能想到的发生在自行车棚的不快至多就是有人偷拔气门芯。像这种一群人拉帮结伙、欺凌弱小的架势，像是对香港古惑仔题材电影的蹩脚模仿，在我看来，既愚蠢又嚣张。

3

阿达只是被CS欺压的众人之一，当时班上看CS不顺眼又干不掉他的人很多，但大家都选择了忍气吞声，而CS对他们的欺凌属于随机播放，唯独针对我单曲循环。至于是什么原因，我已经不记得了。

印象深刻的冲突有两次。

一次是做值日生的时候，CS当众对我挑衅，我身体表示不要打架，嘴巴却很诚实地进行了反抗。我的言语反击损伤了CS的面子，激怒了他，于是他过来抬起大脚就往我身上踹，我急忙躲闪。他踹着踹着就来了兴致，步步紧逼，一踹再踹，我能做的只有一闪再闪，或是伸手挡住他的脚。当时动静很大，别的班的人也来围观了，这让我倍感难堪，更多的却是后悔，后悔自己逞一时之快惹恼了他，这不是自讨苦吃吗？

那天我是拖着两条满是鞋印的腿回家的，除了脏还有痛，心情更是怄到了极点。我在日记里把CS凌迟了一千回，但除此之外也没有做什么，甚至我都没有想过要让家长或老师出面处罚CS。不只是我，那时候班上所有受过CS气的人都没有举报他。

之所以一直隐忍，一来是害怕会被他变本加厉地报复，二来总觉得已经过了那种发生点事就去告状的年龄了。有趣的是，成年人为了捍卫自己的权利而报警却是理直气壮的，不会觉得有什么丢脸。所以说，青春期的小屁孩的别扭真是有趣啊！

跟CS的另一次冲突，是一天早读前他喊我交作业。是的，他是小组长，在初中生眼里，这个官衔的主要权力也就是收作业，而且CS做得很起劲。

我表示我的作业已经交了。

“交你××啊交，没有！”CS的骂声响彻全班。

我只得硬着头皮去他桌上翻作业本，确实没我的，但我真交了啊。忽然，我发现我的作业本躺在地上，被CS拿脚踩着。我气得失去理智，把作业捡起来之后，一掌拍在CS桌子上，说：“不就在这里吗？叫你××啊叫！”

CS二话没说，甩手给了我一巴掌。

这是我最不能接受的侮辱，我失控地想冲上去，却被正义的班长拦住了。当时早读就快开始了，CS没有过来赶尽杀绝，只是冷笑着对我伸了个中指。

这件事之后，我正式荣登那家伙最讨厌的人排行榜榜首，毕竟，敢公然跟他叫板并表现出反抗意图的，我是第一个。

但天知道，事后我其实有点庆幸当时被好事的班长拦住了，毕竟，我怕他，我打不过他。

初中的那段日子令我心力交瘁，既要应付繁重的学业，又控制不住满脸的痘痘，还追不到喜欢的女孩，一些自觉算是特长的优势无用武之地，甚至连自行车都会三天两头地坏掉，现在又加上被CS日复一日地欺压……

日复一日，我对CS恨入骨髓。

4

有一天我会怀着同归于尽的觉悟跟CS干架，这是过去逆来顺受的我怎样也想不到的。

那天本来一切如常，包括我又一次在课前被CS当众羞辱。只是那次我坐回位子之后，忽然感受到了一阵强烈的悲哀。

我没有想到自己会陷在这样一种状态中，要时刻担心着什么时候被欺负，要在气得想杀人时把悲愤生生地压下，要小心翼翼免得什么时候又得罪了那人渣。我到底做错了什么，需要去承受这些？而那些目睹我受气包生涯的人，是觉得我很倒霉，还是觉得我很窝囊？

悲哀累积到了一定的程度，就化作了对自己的失望，也集聚成了一种力量。所谓的“化悲痛为力量”，大抵如是吧。

不能再这样下去了，干脆跟他拼了！

这个念头冒出来的时候我没有意外，相反，感受到了一阵淋漓的快意。是的，跟他拼了！我肯定打不过他的，但至少也能让他挨我几拳，想到这个我激动到不能自已！

我要让他知道，别以为我会一直任人欺负！

有了这个念头之后，我感觉时间更加煎熬了，因为我期盼着赶快下课。无数个受尽委屈的自己都在内心加油鼓劲。

终于下课了！几乎是老师前脚刚走出教室，我后脚就来到了CS身边，重重踹在了他的身上！

全班哗然。事情发生得太突兀，CS也愣了一秒，然后迅速站起身来反踹了我一脚，随后拳头便铺天盖地地朝我砸过来，而我举起双臂奋勇地抵挡，拳头和骨头发出沉重的声响，很奇怪他是那么粗暴那么用力，我居然全然不觉得痛，甚至我不再抵挡，而是像他一样疯狂地挥舞起拳头，一下接一下地回击在他身上。

CS几乎气炸了，他竟然举起一把椅子，毫无顾忌地向我抡过来。这是一种让我瞠目结舌的狠辣，即使在豁出去的时刻，我也不敢攻击CS的要害或是眼睛等脆弱处，我总是不禁去想，一旦那么做了，或许就会有影响一生的恶果，CS他怎么就能这样不留情呢?

我挡了一下椅子，痛楚当然不能跟挡拳头同日而语，我只能一再后退，渐渐也就落了下风。

但抡椅子毕竟是力气活，CS不久也停了下来，他瞪着我，我也回瞪着他。本班与别班的人都已经闻风组团过来围观了，似乎有人喊住手，也似乎有人喝彩，我无暇在意，只知道所有认识我的人都在吃惊。他们没有想到一向软弱的我居然会主动挑起这样一场强弱悬殊的架，他们一定以为我疯了。

CS对我说："你他妈活得不耐烦了！"

我颤抖着说："别以为我会一直任你欺负！"

"干！你找死！"然后，他对一个死党吼道，"拿刀子来！"

这是我没有想到的台词，我不知道他是吓唬我还是果真打算杀人，无论是哪一种，都让我失了方寸。我简直是无意识地冲上去，重重一个右勾拳，砸在了他的鼻梁上。

CS的鼻血开始不受控制地流下来，意识到这一点后，他不得不跑去卫生角收拾，因为刚才的紧张气氛而屏住呼吸的人群，在这时又恢复了议论。当然，或许他们的议论就没有停止过，只是刚才我太紧张了，此刻稍微可以将注意力从CS身上转移开，才有所察觉。

与此同时我开始颤抖，我意识到当CS再回来的时候，这场架就绝对不是刚才的程度了，保守估计，他会让我归还那些他流的血。

但事情并没有发展到那个地步，因为在CS清理完鼻血正准备卷土重来的时候，老师来了，打架的我们被抓进了办公室。

之后，事情的发展就有些怂了。班主任对我们的斗殴行为进行了严厉的批评，而我的委屈也在那一刻爆发出来。我大哭起来，边哭边责问老师，到底知不知道我为什么要打这一架？

如果当时没有哭就好了，那样就能在记忆里留下个更帅气的剪影。这一哭，便把自己从一个悲壮的反抗者变回了可怜的受害者，真是遗憾！

5

我与CS的恩怨在那之后就结束了。

在打架事件的处理上，老师认为不管出于什么原因，打架都是不对的，于是要给我处分，并让我写检讨。

我摊开纸写的第一句话就是——我没有错！

冷静下来的我，重新找回了表达的优势。我用我的满腹才华把检讨写成了状纸，我咬牙切齿地复述了自己与CS的种种冲突，慷慨激昂地表达了这一架对于我人生的意义，我激烈地表示自己不后悔跟他打架。

检讨交上去之后，之前对我的处分消失不见了，反而是CS得到了一个处分。

直到这个时候，我才觉得我赢了。

还记得从老师办公室出来的那一刻，CS冷冷地对我说：“很了不起啊，再去哭啊，去啊！”至今我都没有忘记，他的眼神里充满了那种恨不能将我碎尸万段的愤怒。

我做好了CS会对我进行疯狂报复的心理准备，同时我也不再打算坐以待毙。但事实上，我们成了互不顺眼但井水不犯河水的关系。

当CS跟我狭路相逢却不再理所当然般地踢我一脚或丢来一句脏话时，我感受到了尊严的存在。

坏人会因为挫败而改邪归正吗？

难说。

但如果那些曾经被随意宰杀的羔羊能够奋起反抗，那些恶人们至少会有所警惕和收敛。我不觉得CS会对我肃然起敬，但至少在看不起我的人里，少了我自己。

初三的某个晚自习，CS被一群他招惹过的学弟堵在教室角落里狂殴了一顿，打到他哭着求饶为止。对所有讨厌CS的人来说，这是一个非常解气的重大利好消息。从那之后，CS老实了不少，也或许是因为中考在即，大家都把注意力转移到了学习上。

日子久了，我跟CS渐渐恢复了一般同学的关系，毕业时甚至还互相写了同学录，留了一些逢场作戏的祝福。

多年后的同学会上，我又见到了CS。他的体型与当年没有太大变化，举手投足间仍是一副江湖派头。他在社会上闯出了一点名堂，现在开着一家公司。我们喝酒，聊天，唱K，像所有好久不见的老同学一样，对那些不愉快的往事只字不提。但我会永远记住他对我做过的事，记住那个午后疯狂的自己。

也许，我应该感谢在那个年龄帮助我成长的他。

友尽往事

我有一个朋友，在此称她为竹林。竹林在日本留过学，懂日语，也能画两笔，对东瀛文化爱得深沉，遂将自己在日本的经历画成了漫画。我与她结识，就是缘于她在网上发布的作品。对日本的相同情结让我们成为了朋友。

网上认识多年之后，我们才有机会碰面。那时，我们都不再是学生，而是自由撰稿人，我写作，她画画，名气也都有限。我们在一个与己无关的颁奖礼上碰头，然后畅聊长达数小时。聊天的话题也很广泛，从日本的种种萌点，影响彼此的动漫，到这些年的苦逼奋斗，这人那人的八卦轶事……那是一次愉快的会面，当晚我吃多了意大利面而导致半夜起来狂吐，这小小的插曲更是加深了我对那天的记忆。

那之后，我和竹林交换了联系方式，互相关注了微博，互动变得更加稳定。竹林发了一张踩黄叶的文艺图，我点评一句“这就是传说的涉黄吧”；我转发了一条荒川弘的创作名言，她深以为然地点赞；我们都对国漫一度停滞的真相感到愤慨，也在聊起日本学园祭时的热闹而眉飞色舞；我们对高木直子看法不一，对喵星人的好感却很一致……

竹林在上海经营着她的小工作室，艰苦却乐在其中，翻翻她的日子，我也会感到一丝动力。有时听她说“我们都是大摩羯”，就会有种战友般的相惜感。我的发展一直颇顺，没见过大世面但也没吃过大苦头，而竹林却背井离乡，走南闯北，对此，我甚是佩服。

事情缘于竹林开始组建一个赴日旅行团。那是与一家旅行社合作的企划，她担任导游与特约嘉宾，主要的工作内容就是带领游人在日本玩耍。虽然那时竹林还不是太红，但影响力所及范围，人人都为她贴上“日本通”的标签，至少我一听说这事儿就立刻跑去抱大腿，强烈表达了自己与之同行的渴望。

竹林的团费相当贵，行程却貌不惊人，那时“定制旅行”的口号还不是那么流行，但我坚信没什么旅行比地头蛇带队更棒。我向竹林要了两个名额。等待旅行的日子让人兴奋，我甚至将行程贴到群里炫耀，两位同样做旅游的朋友看过后提出了质疑，千言万语汇成一句话——这么水又这么贵的行程，确定不是杀熟?

我安慰他们，“想多了，我和竹林可是朋友啊！”

竹林是旅行团的明星，但具体的领队一职则是由她合作的旅行社的人担纲，我们叫那女孩团长。团长来收团费的时候，我因为刚被朋友一通调教，便随口问她是否有旅途的开销明细。

答案是否定的。团长列举了红叶季订房的种种难处，强调了竹林带团的加分因素，笃定地表示这是一次赔本赚吆喝的诚意之旅……因为语气不是很友善，我的回应也便有些生硬，到最后团长索性表示，

“若是质疑就不要参团了。”

之后竹林来找我，手心手背都是肉地安抚了一番，并对此行的质量做出了郑重承诺，说得我深感惶恐，觉得自己多此一举，更为与团长发生了冲突而感到后悔。于是，我向竹林与团长分别致歉，迅速交钱之后，对此行也便不再有任何顾虑。

出发的日子到了，我在上海第二次见到了竹林，也见到了团长，带着窘迫，与她交换了一个“不愉快的就让它过去吧”的共识。此外，我发现团里就只有我一个男的。

旅行就这样开始了。

那是我第二次去日本，新鲜的激情仍在，秋天的关西更美得让人透不过气。奈良看鹿看银杏，京都看寺看枫叶，锦市场琳琅满目的精品，心斋桥熙攘如织的气象，无不令人印象深刻。我们每天辗转于不同的酒店与美景，好心情按说是应接不暇的，但总是感觉哪里不对劲。

“跟着竹林去旅行”的幻想已渐成幻灭，因为她的日语并不如宣传的那般流利，其间还数次脱队去做自己的事情，安排的那些有别其他旅行社的特色环节要么言过其实，要么半途而废。整个行程与那些上车睡觉下车拍照的常规团并没有什么不同——除了团费更贵。

我开始意识到一个事实，这其实只是一个针对粉丝的团，最适合“有竹林陪着就够了”的那类人群，粉丝滤镜足以化腐朽为神奇。再不然，你至少得像团里那些要求不高的妈妈一样，左手买买买，右手拍拍拍，这两项满足了，心情也就满足了。再再不然，你得不差钱！团里几个家境不错、游学经历丰富的妹子私下给这个团打了差评。不新鲜的食材，不干净的房间，以及传说中极难订到实际却相当经济的酒店，无不透着水分。但这些妹子纵有不满也是一笑了之，觉得跟团就是这样，下次自己走就是。

所以格格不入的，反而是不算竹林的脑残粉又渴望适度性价比的我和小兔两个人。然而开始就是我自己上赶着要参团的，虽然中途有退出的机会，但最终还是选择留了下来，没人逼我，我又能去怪谁呢？

也许我只是怨念，如果竹林早知道这是个会影响交情的旅行，何不在一开始就拒绝我的请求，就像我绝不会推荐朋友看我自己不满意的作品一样。

此外，别扭的感觉还来自团长。旅行期间，她当众对我频繁调侃与捉弄。作为旅行团唯一的异性，我自觉有义务扮演一个活跃气氛的捧哏角色，可有些吐槽太没分寸时，还是会忍不住往公报私仇的方面去想。

这些复杂的心情持续到团友们去邮局买明信片时，我和竹林坐着闲聊，她忽然问我觉得这趟旅行如何，我挣扎了一下，说还行。她松了一口气，表示自己本身也没有带团的经验，很多时候也是被合作的旅行社牵着鼻子走，突发状况又太多，如果招呼不周，真是抱歉。

随后，她又说起了创作，说自己的梦想仍然是画画，带团只是养活梦想的兼职。她又说起我们共同喜爱的漫画、共同认识的朋友……恍惚中竟似回到了大家第一次见面那天。那一刻我忽然原谅了竹林，她的确做得不好，但她本来也不是专业的导游，作为朋友，我又何苦苛求？这的确是个坑人的团，但我愿意相信多是旅行社的锅，只针对她未免太不公平。

我再次感到一阵轻松。是的，我可以接受吃亏，损失钱当然肉痛，但好歹那不是因为朋友的心机。

不过，当竹林提出让我在微博宣传她的团时，我选择了敷衍以对，因为理解是一回事，协助打虚假广告又是另一回事。

终于到了旅行结束的前晚。当晚入住一个温泉旅店，泡完汤之后，我独自在房间里写作，小兔很晚才回来，进门的时候脸色不善，倒吸着凉气问我："竹林真是你朋友？"

我说："是啊！"

"你有多了解她？"

"怎么了？"

小兔接下来说的话，给了我前所未有的打击。

事情发生的时候，团里除竹林与团长之外的女生正聚众吐槽此行，忽然竹林与团长出现了，于是大家紧急转移话题。大家聊了会儿其他的，竹林突然神秘地问："你们知道吗？在我们团里，有一个极品。"

大家安静下来，有人看小兔，毕竟团内唯一不在场的只有我。

竹林随即开始讲述我与团长的摩擦，着重声明了本次旅行根本是殚精竭虑地贴钱在做，而我竟不信任地想要明细，实在是太可笑了……

"高价位高门槛，始终挡不住低素质啊。"小兔气愤地复述竹林的话，"她还说了很多诸如'千万不要找这样的对象'之类的话，还盘问我到底看上了你哪一点……而且你知道吗，你跟团长吵架的时候，竹林其实就在团长身边，全程观看，她还教团长怎么激你，之后再去安慰你，一个唱红脸一个唱白脸……”

小兔气愤地说完，我的脑子里几乎一片空白。

怎么会这样？

作为消费者，想了解明细有那么不可理喻吗？而且，我后来不仅放弃了了解，甚至还对团长感到抱歉，乃至察觉到这个团的问题后，还努力谅解了竹林的难处，我甚至多次替她安抚其他团友，只因为我以为我们是朋友！

她怎么能那样看我？为什么要在一切马上就要过去的时候来这么一出？顿时，团长那些没轻没重的玩笑，我也不再感觉是在活跃气氛。

而我最无法理解的是，她俩为什么要当着小兔的面说出这些？背着我们说，无论多不堪，我都不会知道。她的如此行径，俨然是对小兔的公开羞辱（小兔从未跟任何人吵过架，面对那种境况只会全程尴尬，她的软柿子性格，全团皆知），而且她应该也能想到小兔会转达给我，所以这是一种迂回的挑衅？还是说她有某种自信，认为我即使知道了也不敢把她怎么样？

现在想想，当时真应该直接去找她理论。可比起愤怒，当时的我久久地陷在一种反应不过来的错愕中。

在人际关系方面，我一直是温室中的花朵。我的朋友很少，基本都是同学与网友，彼此的交往单纯而历久弥新。我没有经历过勾心斗角的职场，对于带着明显的目的接近我的，一早就保持了距离。因为没发生过什么需要两肋插刀的大事，所以我不知道也不去想我和朋友们在彼此心中有着怎样的分量，但哪怕我们只是玩伴，哪怕不是独一无二到不可或缺的存在，只要还能保有对彼此的尊重，总还是美好的。

也许我真的是被那种单纯的氛围保护得太久太好了，竹林是第一个让我体验到背叛是什么滋味的人。有那么一瞬间，我甚至希望这是小兔编出来骗我的，但那样的念头来不及成型就已经破灭。如果说世界上我只了解一个人，那便是小兔，她不会骗我，所以那些伤害是实实在在的。

耿耿于怀的一夜后，再见竹林，恍若隔世。她再与我招呼攀谈，我也丝毫没有心情。旅行结束在即，每个人都谈笑风生，而我则是连强颜欢笑的气力都没了。我忽然发现大家都很成熟，私下对竹林不满的表情还历历在目，而看现在的气氛，这次旅行俨然是她们人生最美满的记忆。

从日本回来之后，我不再与竹林联系，似乎她也有所察觉，或者这本就在她意料之中，总之，老死不相往来已成定局，但我们还没有删掉彼此的联络方式。偶尔在微博中看到她对此行报喜不报忧的总结与不知情者的艳羡，我也会想，是否该把这事情写出来拆她的台？但包括小兔在内的所有知情者都劝我放弃。

“你玩不过她的！”一个朋友笃定地点评这场游戏，“你这人说好听点是单纯，说难听点就是蠢，显然她是吃透了你的性格，才敢这么放肆。人会本能地同情女性，你一男的公然跟女生撕逼，里面还涉及钱，别人会怎么看你？”

我说我不在乎别人怎么看，我得出口气。

“以我对你的了解，你受气的可能性会更大。”朋友说，“肯定会有人帮你说话，但也有人会帮她，最后演变成一场口水骂战。你不会喜欢的。”

我说：“换了你，你能这么便宜她？”

“不是便宜她，是相对你耗在这事儿上的时间以及可能遭受的伤害来说，就此打住，对你是最好的结果。再者，就算你赢了又怎么样？比你这大一百倍的新闻说过去也就过去了，比她坏一百倍的人被扒了皮，现在也照样混得好好的。人不要脸天下无敌啊，网络这个环境，说白了还是看热闹的居多。”

类似的奉劝不断冲刷着我的三观。

可能我真的就像了解我的人说的那么幼稚，在我心里，被欺负了最直接痛快的反应就该是打回去，怎么会有那么多的瞻前顾后呢？

但我还是摁下了骂战的冲动，因为一个朋友最后说的话勒住了我。

他说：“你要小心骂到最后反而帮她做了宣传——也许她要的就是这个。”

我的确见过有人因为负面报道而在微博大肆涨粉。也许那句话真的没错，看客要的只是热闹，而我其实并没有当众掀起骂战的魄力。或许我一直在期待有人说服我别再蹚这浑水，就像当初期待竹林对我承诺的“我不会坑你”一样。

这么过了一阵子，虽然想起来还是很不舒服，但我仿佛真的可以渐渐远离这事了。这时，竹林反而找来了，她要将我们在日本拍的集体照放到网上做宣传，希望我同意。旅行期间，她曾擅自将我和小兔的照片公布在网上，我对此进行了委婉的抗议。而此刻，不管是出于不愿爆照片的习惯，还是单纯地不愿她称心如意，我都表示了反对，并建议如果实在需要的话，可以给我们的脸打码。

竹林显然不悦。她很有效率地发来打码照——我们的脸被处理成日本灵异文化里街知巷闻的那种效果，在著名的电影里，拍出这种照片的人通常都命不久矣。

这明显是挑衅的举动，让我再也没办法强作理智了。

于是，我到底是撕下了彼此之间和平的假面具。在斥责了照片的事之后，我也把她背后对我做的事搬到她面前讨个说法，竹林一听，立刻称她绝无恶意，只是玩笑。这样的诡辩也正在那些阻止我的朋友的预料之中，然而，跟团长勾肩搭背商量着怎么应付我也是没有恶意？一言不合就画灵异涂鸦也只是在开玩笑？

琐碎的针锋相对发展到最后，竹林一口咬定“身正不怕影子斜”。兜了个圈子，缩小了动静，我到底是体验到了一场口水战。最后也还是我的朋友们说对了，“你玩不过她的。”

但是，一吐为快并没有让我感觉更轻松，反而因为竹林的四两拨千斤而更加恼怒。似乎这件事情，从头到尾都是我太玻璃心，是我小题大做，是我无情无义且无理取闹。

吵到后来，当我下意识地想学着吵架老手那样，截图保存下我跟竹林的聊天记录以备不时之需时，我忽然对自己感到陌生。我真的打算把这变成持久战，把未来好长一段时间的心情垄断在这种“无论如何我也不会让你好过”的纠缠中吗？我是这种人吗？这何时才是个头啊？

那天的争吵怎么结束的，我已经忘了，它带来的最大收获是我终于可以名正言顺地将竹林的一切从我的世界里拉黑。刚开始还会忍不住脑补她在我观察不到的地方落井下石，渐渐地连这也放下了。我和竹林，彻底没有了联系，没有了交集。

但这件事给我的影响却是久远的，可能真是太不成熟了，许多人能看淡甚至习惯的事，在我这里却会成为过不去的坎。从此，我再不敢轻易跟谁交浅言深，甚至面对一些已有感情基础的朋友，也忍不住要预设一个“知人知面不知心”的退路。我知道“一朝被蛇咬，十年怕井绳”是一种反应过度，然而讽刺的是，这还真让我规避掉了一些别有用心的朋友。

成人的世界里，纯以友情为需求的人际关系实在太少，或者说，友情必须是某种利益的附庸。这种情况下，强求纯粹更像是一种任性的洁癖。

若有人给你任性的权力，请一定要珍惜。

虽然说不出感谢这种离奇的客气话，但客观上，竹林确实给我上了宝贵的一课。在我心里，这件事之于我看世界的方式有着分水岭般的意义，这也是我把它写出来的原因。那之后，我有了反思的习惯。感恩那些能让我毫无保留信赖的人，也将心比心，希望自己对别人也能是那样的。

也许天真和世故没那么势不两立，为了让我们的信任能有更准确的地方安放，我们需要贯彻的初心，只是诚实与善意。

无论什么时候，都要做一个善良的人。

第二章 我出去玩了

世界很无聊，因你而有趣

WORD

嗷嗷，澳洲

○
●
○

1

忽然很想去澳洲，就邀请小兔说："去旅行吧！"

小兔问："去哪儿？"

我说："澳！洲！"

她说："嗷！走！"

2

有点想搭廉价航空出行，便宜嘛，然而之前失事的亚航就是廉价航空，所以有点犹豫。

这时我发现我的一个朋友和她先生、父母准备搭乘亚航飞机去沙巴玩，于是我就去问她的意见。

她说："啊，我妈其实也超害怕会出事，也超不想去啦！"

我说："那怎么又去了？"

她说："因为我爸跟她说：'如果我们去了，你却不去，万一我们真出事了，你就要一个人孤独地活在世界上了。’”然后，我妈就毅然决定去了。

嗯，感觉他爸爸的话好有说服力。

3

我跟小兔说：“我们坐廉价航空去吧，虎航或者亚航。”

小兔一听就吓到了，坚决表示不坐。

我说：“为什么啊？”

她说：“因为会死！”

我说：“不会的。”

她说：“要我坐亚航，我宁可死！”

我说：“横竖是死，那不如坐呗！”

她说：“滚！”

4

我只好又去邀请其他朋友，但一群人都说自己没空，我只得再次动员小兔。

我使出朋友那招，说你不去，万一我出事了，你就要孤独地活在世上了。

小兔问：“你的遗产我有份不？”

我：“……可能有吧。”

她坚强地说：“那我不怕孤独！”

太伤心了，坠机算了。

5

放弃廉价航空后，小兔总算答应和我做伴了。

我们打算先到悉尼，于是在微博上询问，“有熟悉尼的读者吗？”

立刻有读者回复：“我、我、我！”

我：“喔喔，你住悉尼吗？”

网友：“我住贵州，从没出过国。”

我：“……”

网友：“但我熟悉你呀！你不是需要个熟悉你的粉丝吗？”

不要在别人认真求助的时候讲冷笑话……

6

但还是有些靠谱的澳洲本地读者来联系我了。想想自己也算粉丝满天下了，真是开心呀！一时得意，就心血来潮地发微博继续问：“话说我有南极的读者吗？！请联系我！”

结果，超级无敌大冷场。

不该高估自己的，好尴尬啊！

7

后来，我选定了住在悉尼的读者阿诺作为地陪。

她在悉尼留学多年，已经混成高仿真当地土著，滔滔不绝地给我讲解澳洲种种以及她所能提供的帮助，比如代订酒店和旅行社、借车卡、开车来接机、行李放在她家……简直不能更贴心，估计就差让我们住她家了！

阿诺说：“其实要住下来也行啦，只是怕你们会觉得别扭。”

我说："的确是会有一点呢，要不那几天你先搬出去住嘛！"

阿诺说："怎么办，我有点不想招待你了。"

8

选定阿诺后，她就天天给我发当地照片，似乎是要进一步增强我非去不可的决心。

她说："如果你可以三月初来就好了，因为三月的第一个星期六是澳洲一年一度的同性恋大游行，非常壮观，你一定要来参加！"

我："这个参加的意思是指围观还是……"

阿诺笑而不语。

"你给我解释清楚！你把我当成什么人了！"

9

不过在看了一些历年的同性恋大游行的照片之后，我又觉得真是年度盛典。十多万人齐聚街头，同志们个个花枝招展，招摇过市，秀身材秀时尚秀恩爱，不愧为同类活动中规模最大的场次。这份坦然与自由也显示着整个社会的尊重。

"所以，有空一定要来参加啊！"阿诺再次强调。

"所以，你先说清楚这个参加的意思啊！"我同样再次强调。

10

我把一些游行的照片发到了大学同学群里，想让大家感受一下外国的月亮。

八达率先发出评论，"真是人山人海啊！你看那些观众爬树上去了都！搬个小梯子去卖应该很有市场吧！啊，还可以卖荧光棒，卖气球……”

我觉得八达有朝一日出了国，肯定是去摆摊的，完了再帮人代购点儿东西什么的，肯定会有一个充实的人生。

11

澳洲是我迄今去过的最发达的国家，虽然此前去过新马泰、红茶国、日本等，但感觉未必能加分，所以很怕被拒签。

我找了旅行社的朋友代办签证，她让我准备银行流水、房产证明等材料。

我准备好了，说：“要是没过签，这功夫可就全都打水漂了呀。”

她又跟我聊她觉得澳洲哪些地方值得一去，猎人谷其实也就那样，堪培拉虽然是首都但不去也没差云云。

我虚心做着笔记，然后说：“唉，先不提去或不去吧，都还不知道能不能过签呢……”

她又跟我聊了一些当地的注意事项，比如澳洲消费很高，墨尔本天气多变，戴某种智能手环进入景点可以打折……

我说：“喔！越说越想去，也就越害怕不能过签呢！”

阿诺终于爆发了，“我去，你能不能想点欣欣向荣的东西？！”

可人家真的很怕嘛！

12

我们去兑换澳元，一澳元约等于五块人民币。

每张澳元的编码都是字母加数字的形式。

小兔指着澳元上一小块透明玻璃纸说：“你看，好像一扇窗喔！”

我指着一张澳元上的编码说："你看，这里写着BL喔！"

小兔说："你整天在关注些什么？！"

13

很多银行都可以换澳元，一个在银行工作的朋友还建议我去中行门口找二哥。

我听不懂，"什么二哥？"

朋友说："就是一些有渠道、用比较低的汇率搞到外币的人。你给他人民币，他给你外币，转手他就算赚了。因为有点二手流通的意思，就俗称'二哥'。"

我打算去找这样的"二哥"。

来到中国银行的门口，看到那里站着个保安，我就问："大哥，你知道二哥在哪里吗？"

保安："我不知道啊，三弟。"

谁跟你是这种关系啊，真是！

14

出发那天是四月四号，国内是清明将近，而澳洲正值复活节。

我和老爹说："我要去体验澳洲的复活节啦！"

老爹说："体验个屁！你是中国人，走到哪里，身上背负的都是中国的节日气息，老外的节日关你屁事！"

听完老爹的训斥，我不禁脑补自己是个东方道士，即将远渡重洋，在西方群魔乱舞的日子里跳大神镇魂……

15

出发啦！先从福州飞新加坡，然后再从新加坡转机去悉尼。

那几天福州的天气都不太好，可是飞机来到云层上面之后，就变得阳光普照了。

好想嘟嘴自拍发朋友圈炫耀，“这几天都下雨，不开心，所以干脆就买张机票飞到天上来晒太阳啦~~~嘻嘻。”

小兔说：“给我滚……”

16

坐在后面的一个妹子雀跃着对同伴说：“飞了耶，好棒好棒，不知道为什么，我天生就好喜欢飞机耶！”

同伴分析道：“可能因为你是飞机场？”

我见证了一段被留在高空的友谊。

17

顺利抵达新加坡的樟宜机场。相比之后几天的悉尼、墨尔本、凯恩斯机场，樟宜机场的环境简直是业界良心。因为只是转机逗留三小时，所以没有去市区，就只是在机场内找了个地方上网、吃东西，接下来就是八小时的飞行，跨夜而去，凌晨抵达。

这还是第一次在飞机上过夜，在服务到位的情况下，倒也并不难受。空姐招待我们吃飞机餐时，用生硬的中文问是要吃鸡肉面还是鱼肉马铃薯。但因为发音不标准，“鱼肉马铃薯”念得仿佛“咿哟玛丽苏”。

因为听起来很棒，我就要了“咿哟玛丽苏”。

18

飞机上有电影看，但我对观影环境有所要求，所以通常只会挑一部看过的超级英雄电影，重温几个喜欢的镜头。

找了找，有《美国队长2》，连忙点击观看，结果播出来的居然是《小叮当》——迪士尼那个《小叮当》！

我不喜欢看这个，感觉这是欺诈！

可转念一想，说不定选择《小叮当》视频，出来的会是《美国队长2》呢？

于是，我就这么做了。

结果，还是《小叮当》！

19

于是果断放弃了看电影的尝试，改为写文章。连续写了三话正在《知音漫客》上连载的青妙的脚本。完稿时，我又不幸手抖，删掉了一篇，然后凭借强大的毅力重写了一遍，写完已经三点多了。

临行前两天我还在熬夜赶稿，无法入睡，算起来，我已经熬了三个晚上了……

凌晨五点多，困意来袭，我在迷迷糊糊中抵达了悉尼。

20

四月并不是游澳洲的黄金时节，这趟旅行有点冲动，加上之前阿诺说悉尼连着几天阴雨绵绵，所以非常担心旅游的心情会被破坏。结果一出机场我们就看到了云后金边，觉得十分幸运。

当天是复活节，在国内，父亲节、母亲节、情人节、愚人节、感恩节、圣诞节等各种节都得到了大肆普及，唯独复活节被长期排挤，大概是因为听着总有点诈尸的瘆人感觉吧，而且商家趁机大肆兜售兔子肉和兔子蛋巧克力，感觉也是怪怪的……

与国内的冷遇不同，国外很重视这个节日。机场里已经密布节日元素，主要是兔子与彩蛋。彩蛋多是以巧克力的形式呈现，而兔子呢，除了招牌上画的卡通形象外，就是兔耳娘！许多小朋友头上戴一对兔耳朵，甚至还有些老太太凑热闹，感觉萌萌哒。

当然最萌的还是机场餐厅的女服务生，头顶兔耳发带，脚穿黑色丝袜，臀部撅起一撮毛茸茸的兔尾巴。

啊，这才是复活节的奥义啊，我对兽耳娘的爱复活了！

21

不久阿诺开车来接我们了，因为时间还早，中午才能办理酒店入住，所以我们先去了她家稍事休息。前往市区的一路都很安静，道路两旁没有大楼，多是公寓式住房，两三层高，带院子、车库、地下室。清晰的道路规划及绿化，给人惬意的感觉。

虽然不热闹，但已经可以看见许多跑步的人。接下来的几天，我发现澳洲人对于跑步有一种狂热，任何时间任何地方都会有人在奔跑，有些人穿着很运动也就罢了，有些人干脆就是西装革履，有些人在适合跑步的郊区或公园跑，有些人则是在车水马龙的街道穿梭……

总之，就是全民跑男的节奏感！

“生活在这里，估计会忍不住爱上跑步吧！肯定胖不了呢！”我说。

胖胖的阿诺冷漠地看了一眼太年轻的我。

22

阿诺跟朋友一起租屋子住。

此刻我们已经置身英语环境，举目皆是老外，电视里飘出来的也全是英语，身在异乡的感觉十分强烈。

阿诺走进厨房拿出个肉包，一边咬一边问："吃不？"

瞬间，韭菜味飘满了整个屋子。

啊，熟悉的中国风……

23

阿诺和她的室友表示在海外看不到我的书，所以我带了两本《睡在我上下前后左右铺的兄弟》送给她们。想想有读者真好，远隔重洋也能蹭到如此多的福利。我决定以后去任何地方旅行，都事先询问一下那里有没有读者。

阿诺说："其实你还有美国读者，以后去美国可以抱她大腿。"

我说："不用了，我在美国也有蛮多亲戚的。"

阿诺说："真的不用？人家可是土豪，有两个农场一个果园。"

我说："快把咱干妈的联系方式给我！"

24

阿诺招待我们喝了些饮料。澳洲作为产乳大国，奶也成了日常最流行的饮品，感觉送行都是劝君更尽一杯"奶"。想起之前在日本，也曾体验过香浓醇厚的北海道牛奶，北海道代言人荒川弘更发出"没水喝，不会喝牛奶吗"这种不食肉糜的言论。

为了感谢阿诺，我决定教她一段国内流行的顺口溜："刘奶奶说牛奶奶的榴莲牛奶会流奶……”

阿诺微笑着说：“你不用这么勉强地表示感谢……不用谢的……”

这个顺口溜让一灿来念，效果可能会是“流莱莱索流莱莱滴流里流莱费流莱……”

25

在旅馆放好行李后，我们就开始逛悉尼啦。

短时间内我就对悉尼产生了三个亲切的印象：闯红灯的多、地上垃圾多以及流浪汉多。对于潜意识里觉得外国人会更讲公德的我来说，实在是意外，这大概也是留学生们都戏称澳洲为“土澳”的原因之一吧。

说到流浪汉，街头席地而眠或是在公园搭帐篷的人比比皆是，有些还带着汪星人一起。狗狗们任凭主人落魄却依旧不离不弃的忠诚，也是蛮让人心酸的……

其中有一只狗的艺术成就极高，因为他的主人干脆不见了，只有它自己趴在那里行乞！

完全是自立门户、自强不息啊！

26

我们在市区逛逛看看拍拍，然后往达令港而去。那里不仅风光秀美，还可以去动物园和水族馆游玩，完了还能步行去西面的海鲜市场。

悉尼的动物园有两座：北悉尼的Taronga和我们这次去的Aquarium，前者在一座岛上，这次没体验，据阿诺说那里有长颈鹿、狮子、大象等大型动物，而Aquarium里比较多的则是澳洲土生土长的动物，如考拉、袋鼠、鸸鹋、鸭嘴兽等。不过，蓝山那里也有一个动物园，亲密接触的环节似乎做得更好，墨尔本也有个更大的水族馆。不过，若是对这种室内项目并不很热衷的话，直接去达令港附近的动物园和水族馆就好了。

27

这个时代这么方便，什么动物不能在网上看到，但近在咫尺的感觉确实不一样。看到袋鼠的时候，不禁想起之前看到的一个抓它们的方法。

1. 准备一个塑料袋。

2. 袋鼠会钻进去。

3. 你抓到袋鼠了。

所以，塑料袋对袋鼠有着如同箱子之于猫一样的吸引力？但其实也不必用塑料袋，你随便拿个饼干一挥，它们就会成群结队地冲过来，澎湃的胸肌让人心惊胆战。

28

睡着就能赚到钱的考拉，这次我们也总算是见识到了，还合了影。

阿诺说悉尼这里一到夏天就有森林大火。

我闻言不禁为野生动物尤其是怠惰的考拉担心，问：“考拉会怎样呢？”

阿诺回答：“烤啦。”

感觉这是用生命贡献出的最后一个笑点，好拼。

29

动物园里还有一个小小的蝴蝶区。

阿诺说上次她带妈妈来时，正好赶上了大量蝴蝶飞舞，绚丽多姿。但我们这次却没看见几只，偶尔有飞下来落在人身上的，一群人就狂喜乱舞。我也拿起手机要给一个身上落了蝴蝶的年轻老外拍照。

我忽然发现，这老外的眼睫毛好长好帅啊！

于是忍不住给他多拍了几张，然后惊觉，“我在干吗？！”

30

动物园和水族馆看起来不大，但实际逛起来却曲径通幽，内有乾坤。网上事先买好联票，然后潇洒地越过排队人群进场的感觉美美的。

墨尔本也有水族馆，而且更大，但我比较喜欢悉尼的，因为它里面有一条环形走道，水与光缠绕，置身其间的感觉特别好。

我不禁抒情道：“啊，我想起《柯南》里有一集就发生在水族馆……”

阿诺与小兔齐声，“闭嘴，太不吉利了。”

31

啊，好多虾蟹啊，蒸熟了一定很鲜甜多膏吧！

啊，儒艮刺豚鲨鱼，皮肥厚，腩肉和唇边肉想必嫩滑弹牙吧！

啊，魔鬼鱼扁扁的，看到就想起鸦片鱼头了，跟杂鱼一起做酱油水最下饭了！

还有大补的甲鱼汤，瘦肉紧致，皮又软糯！

蠕动的海葵、海草，有着银耳燕窝般的稠滑感……

以上是我逛水族馆时的各种心理活动。

水族馆真是知识的海洋呀!

32

从水族馆出来，我们走路去海鲜市场。

这两站的衔接紧凑又科学，让我不禁产生了去海鲜店吃饭时，先看着水族缸点菜，然后坐等上菜的错觉。

这里顺便说一下澳洲市区的交通，除了公交，就是城铁。后者是地上地下都有的双层火车，招摇过市的时候特别有感觉。基本上，你只要手持一张当地的公交卡，就可以走遍澳洲都不怕。非高峰时段打七折不说，周日还可以享受全天无限次2.5澳元封顶之美，真是居家旅澳必备良卡!

刚开始的时候，我还不习惯上下车各刷一次卡的节奏，有次下了车发现没刷，又紧急跳上去再刷一次，然后再跳下来……

33

海鲜市场的人比海鲜还多，每家店前都是战场，同样是觅食去处，台湾夜市却更加干净。我们买了龙虾、鱿鱼、虎虾、炸鱼等，准备共享。

这里我又必须秀一下身为福建人的优越感了，身在海边，我们什么海鲜没吃过啊？海鲜这东西，只要够新鲜，怎么弄都好吃！青岛、大连等，美味海鲜的聚集地不要太多。所以虽然澳洲龙虾、鲍鱼等品种很有名，但只要看到清蒸之外的做法我就有种暴殄天物的感觉，这方面还是比较欣赏日本人的品味，他们为了最大限度地感受食物的原味，干脆直接生吃。

总之，这用油炸与芝士掩盖本真味道的一餐虽然也有它的萌点，但却令我对澳洲海鲜的兴趣大打折扣，觉得还是把钱花在吃肉上更值。

34

出了海鲜市场看到个花摊，几朵簇拥在一起的菊花有点像黄色猫头鹰，于是我就拍下来发上微博，“这个小黄猫头鹰乍看很像花吧，这就是大悉尼的奥妙！”

大家纷纷回复我，“两色，你这大屁眼子！”

经研究发现，“大屁眼子”就是“大骗子”的意思，因为“屁眼”念快了就是“骗”……

多么深奥的网络文化啊！

35

来悉尼又怎能不去悉尼歌剧院呢，这是地标中的地标啊！

阿诺说：“话虽然是没错啦，但其实熟悉的人都知道，它其实就是个很黄的地方。”

我很吃惊，“所以它到底都在演什么歌剧？！”

阿诺说：“想到哪里去了，是指年代久远，外墙泛黄啦！”

原来如此！

36

歌剧院附近的广场上有不少街头表演，坐在歌剧院前的露天咖啡室里就能看海看船看悉尼大桥，以及那些肆无忌惮的海鸥。国外的鸟不怕人，甚至还敢挑衅人，我就亲眼看见一只海鸥落在桌上，打翻了餐盘，抢走了一个女孩的面包。之前还很是可爱的小女孩瞬间暴怒，开始追着海鸥殴打。

阿诺说："澳洲政府很是保护动物。我们留学生私下聊天说，以后如果没钱回国，就去谋杀一只天鹅什么的，说不定会被免费遣送回国呢。"

住手啊，少年，快把智慧用在正途上!

37

我们这趟的行程是悉尼进悉尼出，中间会参加一个本地的旅行团，游玩墨尔本和凯恩斯。这样的安排，一是省下了订机票酒店的麻烦，二来就算到了当地，在非自驾自航的情况下，这两座城市的景点也需要报团参加，于是索性直接在悉尼报了。旅行社还送了一个景点——蓝山国家公园。

坐长途车过去的时候，司机问我对蓝山了解多少。

我说："蓝山咖啡。"

司机："这是很多人会犯的错误，然而它们并没有关系。"

我说："我还知道马栏山。"

司机说："去坐好，开车了。"

别这样，再给我一次机会嘛!

38

蓝山声名在外，标志性的景点是三姐妹峰、玻璃底的空中缆车、峡谷底部原始丛林内的观光步道。然而，我在一一体验过后却并不很惊艳，毕竟中国实在有太多更加鬼斧神工的山林。不过，阿诺说这也跟季节有关，春天的蓝山群花盛放，会更美、更有层次感。

我对蓝山的好印象主要集中在那个倾斜角达52度的、号称世界第一陡的空中索道，乘着小火车冲向峡谷底的感觉很刺激，但毕竟不是过山车，还不至于让人魂飞魄散。此外，我还在蓝山动物园的手信店里撮合了一段爱恋——把一只食蚁兽玩具跟一只袋鼠玩具的嘴巴对在了一起……

39

隔天我和小兔前往墨尔本，一大早阿诺就开车送我们去机场。

我说："此刻的我们，打一电影。"

阿诺："啥？"

我："逃离慕尼黑！"

"为什么？"

"因为夜色下的悉尼黑漆漆的，所以简称慕尼黑啊，而我们现在匆匆忙忙的感觉很像在逃亡……"

阿诺温柔地让我闭上眼睛再睡会儿，如果睡不着，那至少闭上嘴。

40

澳洲时间比中国快两小时，当时大概是国内三点多，我就顺道发了一条微博祝同胞们早安，不料收到了不少回复。

"你们干吗起这么早？"我向广大网友发出了疑问。

大家的回复五花八门，失眠到现在啊、早起赶飞机啊、通宵背书啊、在国外啊……其中最神奇的一条回复是："啊，我起来尿尿，顺便刷一下微博啦！”

喂，尿尿就专心点啊！

41

来到了墨尔本。

之前跟当地读者交流，问那里天气如何。

读者告诉我，“别问！这里被诅咒了！上厕所前还艳阳高照，上完就可能下冰雹！”所以他们都喜欢管墨尔本叫猫本，因为这里的天气像猫咪的脾气一样难以捉摸。

后面几天我充分领教了这种阴晴云雨缠绵悱恻的气象。

42

墨尔本也有水族馆，小兔喜欢，所以还是又去看了。比起悉尼的水族馆，还是有些新鲜之处的，比如可以看到企鹅。那些企鹅是多么憨态可掬呀，就是很会大便，雪地上满是它们的便便。有时它们如冻住般一动不动，想来大概是在酝酿便意；有时它们也会忽然欢腾地拍翅，大概是要大便了；有时看它们从斜坡上滑下，不禁为它们担忧，因为坡上也有大便；有时它们在水里扑腾抢食十分激昂，毕竟吃饱了之后才会有大便……

总之，墨尔本水族馆的大便区……不，企鹅区，值得一看。

43

之后驱车去看墨尔本名胜——十二门徒，天空开始下起雨来，直到出了市区才稍有偃息，变成乌云、阳光交替出现的状态。

我当时在心里呐喊：“加油啊，太阳公公，不要输给可恶的乌云！”

这是一段漫长的车程，好在沿途有不少让人愉悦的景致，从地平线尽头拔起的云墙，许多风吹草低见牛羊的农场、色彩鲜艳的小镇，一切都符合我对澳洲的想象。如果有机会，我很想来大洋路自驾，感受一下入夜的满天星云以及忽然从野地里蹿出来的袋鼠。

44

很幸运，抵达十二门徒时已然天朗气清，这个景点需要乘坐飞机观看。

十二门徒是指守望漫长海岸线的巨岩，刚好十二座，所以套了圣经梗。要是在希腊，大概就是黄道十二宫；在中国，就是昆仑十二生肖吧……

我们的飞行员还负责讲解，“快看那石头像不像芝士蛋糕！”

天呐，想吃芝士蛋糕了……

其实确切地说，已经没有十二门徒了，因为有几座巨岩已经在多年的风吹浪打中回归大自然。在这趟旅行回来后不久，尼泊尔地震，加德满都毁于一旦，让人不禁感慨，许多对自己承诺要去看看的地方，真的是越早赴约越好，否则也许就再去不成了。

45

当然，跟所有的报团旅行一样，我们的行程里也有鸡肋，比如参观巧克力工厂以及见仁见智的疏芬山金矿，后者我还有点喜欢，虽然它完全就是个人造景点。整个小镇的建筑和布局完全是拓荒时代的，其中装扮成维多利亚时期的工作人员往来穿梭，强行制造出时光倒流的氛围。

我和小兔走进一家仿古手信店，小兔优雅地端起茶碟，我风骚地摇起羽毛扇。

小兔说：“我们好像上流社会的贵妇哦！”

我说：“对呀，忍不住想用那个时代的腔调来开茶话会呢！”

小兔说：“那个时代的腔调是什么样的？”

我说：“这位太太，我跟你讲厚，隔壁玛丽苏太太她老公在外面有小三捏！”

小兔：“靠！”

46

在疏芬山金矿内，我们还坐矿车深入暗无天日的矿井，过程有点盗墓小说的压抑与神秘。

导游说：“大家好好感受一下啊，这就是当年矿工的生活。”

我说：“我现在也过着那种生活。”

导游：“啊？”

我：“我经常不按时交稿，这也算一种旷工吧？”

导游一脸想把我留在矿井下的表情。

47

这里还有在河边淘金的项目，鼓吹什么河底下可能有当年漏网的金沙。还真有一些人兴致勃勃地蹲下来拿箩筛在那里捞。有个老外尤其热衷，他女友则坐在岸边石头上舔冰淇淋。看来不管是哪个国家的女人，对男人这种不切实际的浪漫都会袖手旁观……

48

来到菲利普岛时，已经完全入夜，寒冷也淋漓尽致地袭来。

然而，我和小兔这趟带的基本都是夏装！两人各自都只有一件薄薄的长袖，这要怎么御寒啊？！无奈，我们只好把所有的背心短袖穿在身上，最后罩上长袖衫，乍一看全身臃肿，唯有两条胳膊还很纤细……

一位跟我们同车的大爷对此深表同情，一直念叨着年轻人不会照顾自己。忽然，他指着窗外说："快看！"

我们看过去，是个低胸热裤的洋妞。

大爷说："你们看她多勇敢哇！多看两眼就不冷了！"

"更冷，谢谢！"我们内心无语，不禁腹诽，"同情我们就把你的羽绒服脱下来啊！"

49

来菲利普岛主要是为了围观小蓝企鹅（又名神仙企鹅）回巢。一大群人就那么坐在岸边，跟等候球赛开场似的，冷风扑面，我和小兔饥寒交迫，相依为命……

终于有动静了。

海水里有一批细细密密的影子开始上岸，人群也随之骚动起来。企鹅在围栏之外的野地里行走，人们则保持着与之一致的速度，如影随形。近距离观看这种巴掌大、毛茸茸、跟小鸡一样的生物摇摇晃晃匆匆忙忙的样子，不禁心生怜爱。按理是不能拍照吓到它们的，却仍有没素质的游客频开闪光，有中国人也有老外。

看完回到车上，春暖花开，瞬间感觉大巴车才是本次行程最棒的景点……

50

离开了墨尔本之后，我们前往凯恩斯。那儿是个度假胜地，阳光、沙滩、海岸、仙人掌、肌肉男，甚至还有一个4800平米的露天公共泳池，不过，池内池边人满为患，刺青、胸毛、晒斑、小肚腩……

司机介绍说："这里允许半裸。"

我说："男性平常游泳不就是半裸的吗？"

司机说："但在这儿你可以只穿背心，光屁股下水哦！"

原来如此，真是好主意呢！

等等，好像哪里不对！

唉，我又想到哪里去了……

51

我们下榻的酒店名叫DoubleTree。

那不就是双树？！于是我立刻拍下照片，在微博上@她，"房费可以打折吧？！我认识你们老板娘啊！"

双树火速回帖道："如果你们见到一个叫两色的进店，记得把他的腿打折了丢出去。"

粉丝纷纷点赞。

太过分了！

52

因为凯恩斯是玩水与晒太阳的好地方，所以街上往来的老外许多只穿泳装，可以一目了然地看到他们身上穿着耳环、鼻环、唇环、脐环……

我就跟小兔说：“老外真的好喜欢在身上穿点什么啊……”

小兔说：“我们不也是？”

我说：“我们穿啥了？”

小兔说：“穿衣服啊。”

好像也不能反驳。

原来，我们早已走在时尚前沿……

53

抵达凯恩斯的第一晚，我们去吃了当地极著名的意大利面。

啊，果然是非常好吃，牛奶调味，佐以鱼虾，撒上芝士片、坚果碎和柠檬汁，面身香滑，口感丰富。我们吃得非常满足。顺便说一句，那家店在特定时段还可以打折哦！

吃完散步的时候，我们遇到了一个骑车拉客转悠的小伙子，他戴着钢铁侠的面具，车上放着《钢铁侠2》的主题曲，十分风骚。

他爽朗地让我们拍照后，请我们坐车。

我说：“No, no, no, we no money！”

小伙子做了个夸张动作说：“Oh，my god！Spiderman！”然后就骑走了。

看来，拿蜘蛛侠开玩笑是一种国际默契。

54

凯恩斯的三大热门项目分别是大堡礁、热带雨林与热气球。因为之前在墨尔本有了体验鸡肋项目的经历，所以这次我们认真评估了一下。

人吃过的东西多了，看到菜单就很容易想象出味道，去过的地方多了，也就能大致窥破一些噱头背后的真相，于是果断放弃雨林。至于热气球，想到将来肯定要去土耳其体验世界上最棒的热气球，那又何必急于一时？至于据说是宫崎骏“天空之城”灵感发源地的帕罗尼拉公园，更是给人以严重的华而不实之感……

“你们出来旅行居然如此理智？”阿诺知道后无比惊奇。

“主要是我们的澳元快用完了。”我说。

“……那就直接说没钱！不要分析这个分析那个的！”

55

不过，凯恩斯的重中之重——大堡礁，肯定是要去的，否则就真的算是没来过了。

那两天其实天气不太好，上午发布强紫外线警告，下午就可以刮台风。

出发那天，我们遭遇了阴雨天，工作人员提醒，“风浪可能较大，各位小心晕船。”

大家：“啊？！”

工作人员：“行程要两小时左右。”

大家：“啊？！”

“船上有免费的食物饮料，但没有娱乐设施。”

大家：“啊？！”

“不过有WIFI。”

“耶！”

全船欢声雷动。

56

船开了许久，我们终于来到大堡礁。但因为风浪的缘故，半潜艇与浮潜都受到影响，玻璃船船底倒是能看清珊瑚和鱼，却不甚惊艳，我也没有了下水的欲望。

同船的一个男生问我："你怎么不下去？"

我就说："我没带泳裤。"

他说："那就穿内裤下去吧！不要紧的！"

我："……我穿的是一次性纸内裤，一下水就会烂掉。"

这人也真是热情过度，想了想说："要不，我先下去游会儿，上来把泳裤借你？"

听闻此言，我石化了，好像我们并没有好到可以同穿一条裤子的程度啊，并且还是泳裤！

57

这几年旅行的心态也是有些变化的。最初的几次旅行，特别像签到打卡，每一个环节都不能放过，但现在想通了，旅行的目的在于享受和感受。

好比现在，我曾在马来西亚有过很棒的浮潜经历，此次来大堡礁，依着可见的浑浊海水与周边的普通景色，又何必强行下水来让这趟旅行显得物有所值呢？

不过有些确实能加分的项目我也不会错过。我们又坐了一次直升机，从空中看大堡礁的感觉确实跟在水上看很不一样。虽然没有阳光加持，你也依然会为它透过水面展示的颜色与形状激动。

要说凯恩斯之旅最精华之处，大概就是那十分钟的俯瞰吧！

58

这是我和小兔继十二门徒后第二次搭直升机，情绪依旧高亢，然而跟我们同机的一个胖女人一上来就轻蔑地说："呵，这飞机真烂，没有我上次在拉斯维加斯坐的好，真是让人一点儿也提不起劲儿呢。"

我和小兔立刻受到激励。

我说："哎，这直升机坐多了吧，也就那样，毕竟上次在迪拜全程都是坐直升机。"

小兔说："上次在沙特你也是这么说的！就算别墅再大也不能拿直升机代步呀！"

我说："好，这不是家里买了太多直升机，不开也是放着落灰嘛。"

小兔说："丢掉！丢掉！又不值几个钱！"

我们陷入超嗨的玛丽苏设定中，完全无视旁边的胖女人投来的看神经病般的目光。

59

船上有自助餐，但是我们玩得太嗨，错过了开餐的时间，于是去跟船员可怜巴巴地表示好饿。

船员里有香港人，说汉语时带着很好听的广东口音。一个女孩叉着腰，娇嗔一样说："为什么要为难我！"然后去给我们弄来一些剩下的沙拉和面包。

那段时间，香港与内地关系十分紧张，然而船上这个温暖的细节却让人相信，煽风点火的永远只是少数。

60

次日我们没有其他项目，于是决定好好地享受享受酒店设施以及周边的活力小镇。我还兴致勃勃地进行了每趟旅行不可或缺的仪式——自己乱走，直到迷路。因为凯恩斯实在不大，所以我沿着海岸线一直走，竟神奇地回到了出发点。

那天的天气还极好，看海看人看绿树，倒也别有一番乐趣。

凯恩斯另一个让人终生难忘的奇景是长满果蝠的树!

果蝠是一种吃水果的蝙蝠，然而它的形象却不因为是个素食主义者而显得美观，它们密密麻麻挂满树梢的样子让人毛骨悚然，地上则满是它们的粪便，黄昏时分它们会倾巢出动，满天飞舞，犹如蝗虫，估计密集恐惧症患者看一眼就会想自尽。

与大街上许多停下脚步举起手机的行人一同在异国他乡目瞪口呆，大概就是旅行的浪漫吧。

61

继凯恩斯之后，我们重返悉尼。

再次见到阿诺的那天晚上，她带我们去了悉尼的第一大华人区Hurstville，那里云集了各种国内司空见惯的食物，比如兰州拉面、肉夹馍、鸭血粉丝、麻辣烫，无不受当地华人追捧。但阿诺不无遗憾地说：“还不够啊，没有沙县小吃和黄焖鸡米饭。”

我在那里第一次吃到了西安油泼面，虽然价格比国内高好几倍，但感觉无比好吃!

可见，洋钞虽然揣在身，我胃依然是中国胃……

62

新旅馆是从仓库改造过来的，非常有个性，每一层都有好几处空心地板，拿围栏圈着，站在上面，底层的风光也一览无余。不过，这种遍布每个楼层的坑坑洼洼的存在，我估计会逼死恐高症患者，但一定超适合玩逃生和跑酷的人。

63

接下来几天的安排是悉尼深度游。

在市区游览的时候，阿诺跟我们说了个趣闻：某公寓接连好几个季度水电费异常，警方上门了解，发现屋主把公寓改成了温室在种罂粟，据说下一任屋主每天下班累成狗，但一进家门就莫名感到兴奋。

64

重温了一次达令港和歌剧院，同时将上次搁置的海德公园、圣玛利亚教堂、艺术馆、皇家植物园逐一游历。

海德公园非常美丽，忙碌的上班族也会为午休时能躺在草坪上晒太阳吃三明治而感恩生活。

圣玛利亚教堂，金碧辉煌而不失神圣庄严，信徒对游客见怪不怪，心远地自偏地祈祷着。能拥有虔诚的信仰，也是一种幸福。

至于艺术馆，一窍不通的我去那里纯属附庸风雅。

小兔说：“你好像对这些都没兴趣喔？”

我说：“因为我本身就是艺术品呀。”

小兔微笑着说：“嗯，确实有种抽象画的感觉。”

65

要特别说的是植物园，因为里面的鸟类太丰富了。

我其实对鸟并没有兴趣，可当你看到草地上如同停麻雀停鸽子那样密密麻麻地停满了凤头鹦鹉的时候，你也会感到惊喜的。这种鹦鹉国内每只可以卖八千到一万元，所以满广场的哪里是鹦鹉，在我眼里，那全是钱啊！

这群鹦鹉十分蠢萌，你拿块饼干去逗，它们会像汪星人一样飞快奔跑过来，落到你的肩上身上头上。不怕人的动物，互动起来感觉超棒！有一对情侣喂鹦鹉喂到简直要被吃掉的地步，那个妹子肩头停着白鹦鹉，阳光落下来，风吹起她的金发，真是女神得不要不要的啊。

我们没带饼干，好在老外亲切，慷慨相赠，我也因此拍到了几张鹦鹉停满脚边的文艺照。其中有一张照片，我强颜欢笑，因为当时的我正被鹦鹉的爪子揪着头发，手指也被它们的铁嘴叼着，为了拍照也是奋不顾身了……

我们还遇到了一位新西兰大叔，他是在上飞机之前抽空来这里转转的，特别想拍一张跟鹦鹉互动的照片。奈何势单力薄，鹦鹉眷顾他了，没人帮他拍，找了我们帮忙，鹦鹉却又飞走了。见大叔一脸失望的样子，我就去帮他讨了饼干，然而鹦鹉跟人类嬉戏也是有周期的，仿佛有谁一声令下，它们便纷纷离去……大叔终究还是留下了遗憾，最后跟我们一一握手告别，赶飞机去了。

他一定在我们背上看到了圣洁如鹦鹉的翅膀，异国他乡助人为乐的感觉真好啊！虽然我们并没有帮上什么忙……

66

我们去岩石区吃饭，那里的书店、小手工艺品店、甜品店都很适合消磨时光。我吃到了至今思念的烤猪肋排，还在一个书店里翻到一本收录各种寻宠物启事的有趣的书。书里面那些猫、狗、兔子、鸟等，肖像都不是照片而是手绘的插画，好多都是涂鸦！谁认得出啊，这是不打算找回来吧！

路上还看到个华人妹子，冲着街对面的另一个妹子喊："潇潇！潇潇！"但对面的妹子没听见，一个老外路见不平，拔嘴相助，声若洪钟地吼道："潇——潇——"然后，老外转头对那妹子露出一个"不用谢"的绅士微笑。

把这一切看在眼里的我，觉得那个场景既搞笑又温暖。

67

我们还去了Cronulla Beach，一个离市区稍远但有点名气的海滩。悉尼人常常见缝插针地来此做日光浴或冲浪。

果然，人生得意须尽欢。

来到海滩边，我们看着夕阳、沿岸建筑以及成群低飞的海鸥，慢慢走着。

许多老外都带着娃儿来，如果你仔细观察就可以发现，他们的教育方式很豪迈。比如一位妈妈自己大步走上台阶，丁点儿大的孩子亦步亦趋跟着。遇到台阶的时候，孩子哭喊没人理，只好笨拙地翻上与自己齐胸高的台阶，一级又一级，而孩子妈始终袖手旁观，只提供充满鼓励的注视。还有个孩子爹，放任孩子在沙地上跟海龟一样爬，快爬进海里了就过去调转个方向，孩子继续向前爬……

我以后要有孩子也这么玩……不，教……

68

我们去爬悉尼塔，那是一个类似东方明珠、东京铁塔的地标式的高空俯瞰台，感觉还不错。

在塔台上，我们会大惊小怪地呼唤对方来看某个方向的建筑。

小兔说："哎，哎，快过来！"我们就过去，她指给我们看歌剧院在哪里。

阿诺说："哎，哎，快过来！"我们就过去，她指给我们看海德公园在哪里。

我说："哎，哎，快过来！"她们就过来，我指给她们看我在玻璃上画的鬼脸。

她们就不理我了。

69

晚上，我们在悉尼塔上就着夜景吃自助。吃到了鳄鱼肉、鸸鹋肉、袋鼠肉，没吃过的人不会明白那是怎样一种美味。鳄鱼肉和鸸鹋肉被做成了香肠，脆弹的表皮包裹着调味恰好的肉粒，鳄鱼肉扎实而馥郁，鸸鹋肉柔软又清淡。袋鼠呢，不愧是草原的精灵，肉味含有草根的微涩与甘甜，肉汁丰富，筋皮相连的部分……更是我实在编不下去的暗黑料理啦！

70

置身异国，难免奔放。

邻桌俩华人妹子用中文交谈。

一个说：“我要去大个便！”

另一个：“哇……你好粗俗。”

“鬼佬又听不懂，你别给我这儿装公主。”

“去吃你的屎。”

二位，请看到我，我都听懂了……

71

我把这事写上微博，立刻有人回复，表示曾有过类似遭遇。

他的朋友在巴黎地铁上跟另一妹子讨论一外国妞的胸一定是假的，身边一法国小哥忽然用标准的中文告诉他们这样是不对的……

孔夫子的话，真是越来越国际化。

72

我们还去了鹦鹉岛。虽然叫这个名字，但这里其实并不是鹦鹉的栖息地。鹦鹉岛曾被英国殖民政府开辟成监狱，用来关押流放的犯人，同时岛上还坐落着二战期间英美的主要船厂。岛上的建筑风貌也与市区截然不同，充满了冰冷的工业气息与某种独特的艺术气质，不愧为世界文化遗产。

如今的鹦鹉岛，主要是作为眺望悉尼港、举办艺术展以及野营的好去处而存在着。岛上提供很多烧烤台、淋浴间，有趣的是这种休闲用途与它本身的遗址气场并不冲突，年轻的朋友相约来这里住一宿，想来会别有一番美好的体验。

73

在悉尼待了这么几天后，终于要告别澳洲回国了。

整体而言，这不是一趟回味无穷、急欲二刷的行程，马我对澳洲的期待实在有些距离，但我仍然很高兴能有此行。如同那句话所说："山那边有什么？或许什么都没有，无趣得很，但只有去过的人才有资格说。"

有机会还想再来，感受大澳洲其他未见的美好，比如，沙漠中的艾尔斯巨岩。若能自驾，就更好啦。

最后，我由衷地感谢阿诺。

宝岛的旅行是我的爱

○
●
○

1

和小兔、菲菲、咩咩一道去台湾玩。

出发前，我不幸得了口角炎，嘴唇上破了个口子。拍照时怕丑，只好拍侧面，或掩嘴装深沉，有次甚至拿朵花作细嗅状，娘到不行。

作魅惑舔唇状也能掩饰，但感觉很变态啊！如果做一个嘘的手势来遮掩呢？事实证明，因为伤口不在正中，拍出来的效果好像在抠鼻孔，并且还抠得故作神秘……

2

以前我们的旅行都是自由行，但这次却找了导游，不是那种会把你带去购物点然后限制你玩乐的导游，他们的任务主要是开车和介绍台湾的风土人情，我们想在哪儿拍照就可以半路喊停，玩腻了说声“走”，他们就配合着动身。

完全不会不自由，而且更加便利，有没有？！

我们的导游很风趣。在高雄的时候，他指着一条风化街，告诉我们那里是找女人的地方。我便随口一问："那有没有找男人的地方？"天地良心，我当时只是好奇！但我们那导游暧昧一笑，轻声说："你有需要就找我吧……"

这意思到底是他会带我去，还是他亲身上阵？我忽然非常在意导游的这句话！

3

在高雄的六合夜市买一个形状像极了情趣用品的热狗，老板问："要不要辣？"咩咩说："不要。"然后摆了一个妖娆妩媚的姿势，"因为，我已经够辣了。"

老板默默地把热狗递上去，一句话也没有说，我们也纷纷默默转头，准备与此人划清界限。

4

猪血糕是台湾著名小吃之一！以前我看《康熙来了》的时候，还看到个阿嬷独特的叫卖："猪血糕……吃了会长高……"虽然没有任何科学根据，但真是上口又好记！

作为一个儿童文学作家，我不禁展开联想：每天，店老板就会开着一辆采血车去养猪场，然后那些觉悟比较高的猪会纷纷踊跃地排队献血，狡猾的老板最终带着足够的血心满意足开车回去做猪血糕了……

"别这样！让人不忍心吃下去啦！"菲菲三人粗暴地打断我的浪漫构想。

5

台湾的食物真的是好多好多啊，怪不得叫“饱岛”呢。

满街的高大招牌上气势磅礴地悬挂着食物的名字，看到一个招牌上写着“切仔面”，感觉是跟煲仔饭一样凶残的食物，都是拿小孩当原材料的吗？

总之，我们在台湾的这几天都是各种吃啊各种吃。有时候已经很饱了，但新的食物还是持续被端上来，这时候我们就会互相对视一眼，然后默契地点点头，不约而同地开始松各自的皮带。随着皮带扣的松开，肚子的位置传来一阵放松感，我们就好像《龙珠》里面穿着沉重衣服修行的战士，在脱下衣服之后忽然战斗力大增！

我们又可以吃下更多的美食啦！

6

台湾人不敢说全民素质都很高，但普遍素质的确很高，相比之下，就有相当多的大陆游客的素质不那么高。

有一次，当我们想要使用大陆喜闻乐见的过马路规则——凑齐一定人数就可以召唤出一个绿灯时，旁边的一位大妈严厉提醒我们：“快回来，别学大陆人！”

那一刻我们羞涩得恨不能钻进斑马线里。

7

另一个能够说明台湾人素质很高的例子发生在苗栗。

苗栗是一个比较破败的镇子，面、鸡排这些其实都不是很好吃，不过有一家桥头臭豆腐真心美味。但我们一开始找不到那家店面，见多识广的导游也因为好久没来这里而迷路了，于是我们求助于一位路过的奶奶，她给我们指了半天路，我们谢过她之后就把车子往前开。车子没开多远，我们就从后视镜里看到她死命地飙着自行车，在我们车后面追。当我们在红灯前停下时她终于追上了，气喘吁吁地说：“你们走错方向啦！唉，算了，我带你们去吧。”

那时，我们感受到了这个世界的善意。

8

一路上，导游跟我们聊天，问起了我们的收入，除了我是自由职业人，菲菲三人都是上班族，一个月四五千。导游被呛到了，说他们那边的清洁工每个月的收入折合人民币也有一万多！听得我们自卑不已，纷纷立志下辈子要来台湾当清洁工。

话说回来，台湾的地面真的好干净，虽然整条街上也许都不会看见一个垃圾桶，但即使是夜市这种按说应该遍地吸管、竹签、纸巾的地方，都是一尘不染。只能说，台湾人民真的好有素质！

这样看来，清洁工的活儿其实不重啊！真的考虑一下吧，各位！

9

参观完著名的鹅銮鼻灯塔，我们遇到了一个非主流教义的宣传。在言论自由的港台，这种组织是十分猖獗的，但宣传材料还真是一如既往地没有说服力……他们围住我们，塞传单啊，各种控诉啊，我们很为难。此刻菲菲急中生智，大声说了句日语，“鼠咪马塞（不好意思）。”那些传教士们这才发现原来我们是一群不懂中文的日本游客，纷纷失望地放过了我们。

哼，我们可是根正苗红的中华好儿女！

10

台湾人说话口音都很重，比如在小野柳公园买释迦果冰的时候，导游帮我们问老板：“有没有塑胶袋（台湾称塑料袋为塑胶袋）？”

那位一把年纪的老板听成了“有木有素交代”，爽朗地跟我们摆手说：“木有啦，木有森马素交代啦。”

这一路我们收获了不少台湾腔和台湾俗语梗，但很多都过于粗俗了，说一个口味轻点儿的吧。闽南语里有一个词叫“度烂”，大概是有不耐烦、讨厌的意思，当然溯其本源，那意思就要联系到下半身了，总之是标准的脏话。但偏偏台湾有个地方就叫都兰，发音一模一样！

我们去到那里后频频大叫：“喔！这就是都兰！看啊，都兰小吃店！看啊，都兰小学！”

……

导游脸色苍白地说：“快闭嘴吧，我们会被围殴的。”

看来，生活在那里的人真的需要一颗强韧的心脏。

11

在花莲的太鲁阁，我们看到非常棒的云海。但比起最初两天台南的炎热，真是越往北越冷啊。我感觉自己穿得太少了，于是在大家都下车后钻回车厢，打开行李箱，拿出一套厚衣服，在车里宽衣解带。车厢狭窄，动作稍大就磕磕碰碰，摇摇晃晃。

不远处有个清洁工频频朝这里疑惑地张望，呃，难道他是误会这里正发生着一场车震吗？

12

太鲁阁的自然景观鬼斧神工。行至半山腰，我们去上厕所。

小兔从厕所出来后很害怕地跟我说：“好恶心啊！墙上有只蛾子！很大的蛾子！”

我忙说：“镇定一点。你上的是女厕所啊。”

“所以呢？”

“所以不该是儿子，应该是女儿。”

小兔翻了个白眼，表示无语。

13

我们的导游深谙客户要什么就提供什么的市场原理。

他说起自己的当兵经历，我就开玩笑说：“听说兵营里很流行捡肥皂喔！”

他立刻兴致勃勃地说：“是呀，你想听吗？我可以说具体点儿。”

我大囧，赶紧说：“算了，这里还有妹子。”

可是两个妹子却双眼发光地叫道：“我们要听，要听！”

因为台湾蛮多人相信怪力乱神的，所以我们还要求导游讲了几个鬼故事，结果各种发毛。

那夜，我们住在“村姑墓场”……不对，春谷牧场。

早上小兔脸色不好，轻声跟我说她撞邪了。

“……什么情况？”

“你看前面那女的。”

我向前看，看到一个长发及腰的高个女人，穿着花裙子，看不到正脸，但目测没什么问题。

小兔轻声提醒，“你注意看她的脚。”

我就注意看了看，难、难道还能没脚啊？虽然她裙子很长，但明明有的啊！

这时小兔说：“看到没，她的鞋跟我一样。”

哎呀，我的妈，居然是这么个撞鞋！

14

出来旅行当然要买手信。台湾不像大陆有那么多宰客的手信店，火车站、机场这些地方更没有坐地起价，手信不仅齐全而且可以试吃，简直是业界良心！

于是，我们毫不客气地试吃了一样又一样，恨不能让店员来杯茶，当然，最后也是有照顾他们生意啦！

此外，小兔看中了一块玉，跟我撒娇说：“你都没有送过玉器给我！你打算什么时候送玉器给我嘛！”

我想了想，小心翼翼地征求意见，说：“玉米算吗？”

小兔表示要跟我分手。

15

台北也有个故宫，但我们没进去，就在外围的公园里转了转，拍了拍照。

这个地方景色不错，所以有许多恋人在拍婚纱照。

一个摄影师拍完一组给新郎看，新郎说：“我老婆拍得不够漂亮。”

摄影师宽慰说：“前期嘛，就是这样的了，等回头我们一修……”

话音未落，那位新娘骂道：“谁是前妻啊？谁是前妻啊？”

16

旅行总爱拍腾空照，把握住跃起的一瞬，自下往上拍，以蓝天为背景，人就好像在飞，可带感了。

这次去台湾也拍了不少，但负责摄影的菲菲跟我有仇，抓拍到的总是我即将跃起的瞬间。半蹲、握拳、仰面……这种照片看起来完全是一个正在努力的便秘患者啊！

看着自己从台南便秘到台北，心都碎了。

17

我们还泡了一次温泉。

有个室外温泉，我很想试试却没带泳裤，于是趁着夜深人静，我围上浴巾，大无畏地跑到户外，边欣赏夜色山景边在热气中舒展四肢，感觉非常舒服。

泡完温泉之后，我披上浴巾，又鬼鬼祟祟地潜回房间去，其间我撞见了一个服务生。

“啊，啊！”深更半夜看到一个缥缈的白影，他没法不发出惨叫，而我被他吓到了，也跟着惨叫起来，于是那些原本关闭着的房门纷纷开启……

那一刻，我必须感谢自己不管受到怎样的惊吓也仍然死死抓住的遮掩胴体的浴巾，否则，一定会给那次旅行留下一个永生难忘的污点。

不简朴的柬埔寨

1

去往柬埔寨的飞机是晚上十点起飞的，抵达那里的时候已经是深夜十二点多。

入境的时候，帮我们在护照上盖章的柬埔寨工作人员拿出一张十元钞，示意我们一人给一张。

我和小兔傻乎乎地就给了二十块，结果同伴小北老师说：“根本没必要给的啦！这是在收小费呢，我就没有给。”

闻言，我们十分懊悔。

话说回来，柬埔寨人十分露骨。在收小费这方面，如果你装傻的话，他们会很直接地用蹩脚的中文说：“小费，小费。”

结果，跟我们一同入境的中国人里正好有一个姓费的，人家一说“小费”，他就叉着腰大声说：“到！”

“小费。”

“到！”

“小费。”

“到！”

……

最终他非常爽朗地入了境。

2

柬埔寨最著名的景点就是吴哥窟了，游逛的最佳路线就是小圈、外圈、大圈。

在柬埔寨，你只要买一张门票，就可以自由出入大部分的景点。同伴的大条老师拿着一本《柬埔寨与吴哥寺》作为沿途的参考，这本旅行手册真心实用，对各个景点乃至集市上该买什么吃什么都有非常详细的指点。

第一天，我们玩的是小圈。举目望去都是残缺不全的石像以及沧桑而鬼斧神工的古迹，随便拍都是景色，数码相机内的储存空间就这样被不知不觉地用完了。

而在景点内，无论走到哪里都能碰到一群打赤脚的当地小孩，有男有女。空着手的会对你说：“躺沟。”听着好像是诅咒，但其实是在说“糖果”，这是在问你要糖呢。

还有一部分小孩会拿着做工粗糙的纪念品和明信片什么的跟你兜售，并且他们是做足了功课的，竟能用普通话、广东话、日语、英语还有我们都听不出的什么语来数数。他们见到女的就叫姐姐，小北老师对此非常受用，一样东西不买却免费听了无数声姐姐，感觉神清气爽。

3

外出旅行，风险难免，我终于负伤了！当时是我擅自脱队去爬一座古迹，还特别帅气地从一块大石跃向一个石门，结果算错高度，跟自杀似的整个脑袋猛烈地磕了上去，咚的一声巨响之后，整个人朝后倒去，于是背部以下和胳膊都受伤了……

周围的老外游客见状，纷纷发出惊呼，聚拢来问：“Are you ok？”其中一个女老外很亲切地拿矿泉水往我脑袋上浇，总算让我稍微清醒了点。过了一会儿同伴们找来了，他们见到我这副惨状，痛心疾首。

小兔说：“看这摔的，未来几天药不能停啊！”

小北鼓励我：“但你一定要记住，千万不能放弃治疗！”

咦？我怎么听着不太对啊！

4

女生们围着我嘘寒问暖之际，外刚内柔的大条老师皱着眉，抚摸着差点弄死我的那扇石门，眼神里充满了“没磕坏吧”的关切。

它没事啦，它比我结实很多的！

5

虽然受伤了很悲剧，但乐天的本性让我觉得这事很值得纪念。

话说回来，我是在哪里受伤的？空中殿堂？巴芳寺？想不起来了，只好问同伴，“记不记得我受伤的地方是哪里？”

他们担忧地看着我，“这个你都能忘？”

“就是忘了嘛！快说。”

于是他们语重心长地说：你受伤的地方是头啊。

真是谢谢你们告诉我，否则还真不知道啊！

6

虽然我有伤在身，但还是玩兴不减，主要是因为……他们都玩兴不减！

据说柬埔寨的日出日落好看，所以肯定是不能错过的！看日落最好的地方叫巴肯山，路程不算短，下午四点多就得上去占位置，席地而坐，一直等到了六点，游客多到不像话，而那时我的屁股还痛着呢！

当然，跟这些比起来，更痛苦的是尿急啊！就好比台湾、日本的垃圾桶很少，柬埔寨这里的厕所很少！我就一直憋啊憋，憋到下山的时候，问我们的司机最近的厕所在哪里，他闻言爽朗一笑，把一瓶矿泉水喝完，然后把空瓶子递了过来。

这也太简陋啦！

7

看日出的地方则是在吴哥寺。同样是人山人海，所以必须四点多就起床，把酒店提供的早餐带着路上吃。来到黑压压的现场，看到黑压压的人头，翘首以盼旭日的登场。

在这里，我要以一个过来人的身份对柬埔寨的日出日落作出评价：必然是日落更值得一看！暮光温柔，晚霞内敛，倦鸟衔山，安祥宁静……当然还有最重要的，看日落不需要早起啊！

没错！我就是别人努力拍日出时靠着古建筑打瞌睡的意境杀手！

8

看完日出就开始游览吴哥寺了。墙上的壁画千奇百怪，许多神佛的姿态简直像搞笑漫画里跑出来的。我便与两名女伴模仿着佛像的动作拍照，过往游客无不侧目偷笑，我们也乐此不疲，还力邀大条老师和小兔加入。

大条摆手说："不了，我帮你们拍照。"

小兔则把头别到一边，专心地看着壁画，似乎不认识我们。我们被激怒了，大叫："我们认识这个女的！"

"对！而且非常熟！"

"Everybody！Look！She's our friend！"

……

后来，小兔就自暴自弃地过来一起拍了，我们齐心协力地把脸丢遍了吴哥寺。

9

柬埔寨的古迹随处可见被时间与盗贼破坏的痕迹，与微不足道的修复工程结合在一起，让人不禁心疼起这些伟大的历史文明遗产来。

在吴哥寺的最高处，我们看到不少柱子上都刻着字，中文、英文、日文都有，意思不外乎到此一游或者情侣秀恩爱，令人十分厌恶。

大条老师气愤道："做这种事的人在想什么？"

我点头，“真是太恶心了。”

“跟这些相比，国内那些办证、治性病的小广告要可爱得多了！”

“……呃，虽然我能理解你的心情，但其实也没可爱多少啦……”

10

柬埔寨的许多古迹都跟百年大树唇齿相依，你中有我，我中有你。在巴布戎寺，此景尤其壮观。我们当然又是各种拍照。

我站在一棵大树前让小兔给我来一张，她平端起了相机准备开拍。

这怎么能将高耸入云的参天大树一起摄入镜头呢？我连忙挥手指示，“竖！拍竖！”

小兔闻言点点头，将镜头从我身上移开，拍了一棵树。

不对啦！

11

第一天的游览，感觉是非常震撼的，第二天的感觉就弱了一些，因为看来看去都是一样的风景，不过第三天的崩密列之行倒还是让我非常惊喜和兴奋的，因为那是一片彻头彻尾的废墟。

崩密列有三种游览方法。

1.正常走栈道，一会儿就能玩完；

2.走墙头，居高临下如飞贼般惊险刺激，动作敏捷的话不一会儿也能玩完，当然，一不小心就可能会是另一种意义的玩完；

3.从废墟里面穿行！这也是我推荐的一条路线。

我们选择了第三种游览方式，在废墟里穿行。

整个的废墟暗无天日，怪石嶙峋，蜘蛛网和植物茎脉盘根错节，如同迷宫疑阵，从中穿行的感觉，活生生就是在盗墓！乱石长满青苔，又滑又尖，一不小心就会受伤，更会迷路，爬好久都出不去！

拍下的照片完全可以拿去骗人说我们是一群地震难民！尤其我还带伤上阵，更是很有临场感！好玩到飞起简直！

这个地方同样盘踞着许多孩子，他们担任向导，引你在屋顶或者废墟里爬来爬去。重见天日，邂逅豁然开朗的壮美风景时，感觉真是不要太赞！因此，我们财大气粗地给了领路人五美金的小费！

穿行完废墟又尝试着走了一趟墙头路线，除了一处实在太窄的地方因爱惜小命没去爬之外，基本上都打通关了。

简直就是《古墓丽影》的节奏啊！

12

旅行除了玩乐，另一个重点当然是吃喝。

虽然也按照攻略推荐的尝试了几家店，但感觉不过尔尔，都是跟泰国那边相似度颇高的东南亚菜系。

著名的AmokFood像是咖喱与冬阴功的合体，不过还蛮下饭的，但就好比泰国菜爱放香茅，这里特别爱放九层塔，气味强烈，藏在素春卷里更是防不胜防。鱼肉味道尚可，鸡肉、牛肉等就硬到不行了，想想在路上遇到的动物全都骨瘦如柴，又觉得不应该苛求什么……

此外，水果也没有预期的甜，椰子系饮料相对安全些，但喜欢尝鲜的小北老师点了菜单上几样看不懂的饮料，喝得欲哭无泪。

大条老师贴心地表示带她去吃甜品，也算是洗胃了，结果小北又一时兴起地乱点一通，一道目测高端洋气的糕点送入口后才发现口感犹如被微波炉烤化的隔夜披萨，一桌人吃到飙泪。

在柬埔寨，我们吃得最满足的一餐是一家路边的炒面。之所以好吃，很大一部分原因是——那是用泡面炒的。

泡面果然是无敌!

13

近年的出境游，我和小兔本来都是跟童年挚友菲菲及其媳妇咩咩一起的，去柬埔寨也是一早说好的，可这次，我和小兔却偷跑了，菲菲非常生气!

在柬埔寨的一天晚上，他忽然从QQ上冒出来，幽幽地问：“你，现在在柬埔寨？我们不是说好一起去的吗？为什么瞒着我？呵呵，也对，你长大了，不能老绑着你……毕竟，我一年只能带你出去玩一次……”

就是因为这种负罪感以及臀部不依不饶的剧痛，柬埔寨之旅始终算不上完美!

你好，东方之珠

○
●
○

1

我和小兔去香港玩。

飞机降落的时候，广播里说“ladies and gentleman”，却不幸被我错听成了“内地的先生们”，当下产生了起立的冲动。解除误会后，我不禁感到十分羞愧，于是在后来的几天，努力以土生土长的姿态融入当地。

看到高楼大厦就感叹道：“猴塞雷啊！”

吃了美味食物就夸奖道：“猴猴美啊！”

看到漂亮的风景就抒情道：“猴两啊！”

自我感觉十分字正腔圆，定能成功蒙蔽香港同胞，但小兔说我是神经病。

2

香港人日常都说广东话，时不时还会很自然地夹杂英语，但用国语也勉强能沟通，尤其是对年轻一辈。

这么一想，不知道香港学生们的语文课都学些什么，也用广东话来念文言文和古诗词吗？

后来有一次，我在车上听到一对中学生用口音颇重的国语念诗，“桃花潭水深千尺，不及汪伦一泡屎。”

等等，那得是多长的一泡屎啊！不过他们成功做到了押韵，看来不必为香港后生的语文水平担心呢！

3

香港的自由尺度令人赞叹。

路边摊上随处可见反动读物，7-11里还有《雄风》之类的基佬杂志。我们路过一家店，叫总统书店，就很感兴趣地进去见识一下总统都看什么书，结果里面只有A书啊！A书之外的读物，连一页都没有，真不愧是总统级享受！

此外，港剧里黑社会在墙上刷油漆讨债之类的场面也碰到好几次。

后来我们还路过一个地方，一排数过来都是夜总会、按摩店之类的声色场所，最后一家是个专治性病的小诊所。

还真是全面的一条龙服务……

4

在我们的城市，乞丐密集，来到香港却一个也看不见，不禁感叹这里果真富足，结果走进地下通道就碰到了三个。

他们分别站在三个位置，一个拉二胡，一个弹吉他，一个吹口琴，曲风各自独立，一起钻进耳朵的时候又觉得挺和谐，真想建议他们组个乐团。

我们还曾在汹涌人潮中邂逅一位和尚，他手持禅杖与钵盂，闹中取静地在众目睽睽下打坐，十分惹眼，令人肃然起敬！于是我过去往他的钵盂里丢了个硬币，结果他睁开双目，微笑着摆手谢绝，“我的大徒弟已经化缘去了。”

等等，怎么会出现这种熟悉的台词？你的大徒弟是谁？

5

香港不愧是国际社会，老外随处可见。我们看到一个肤白貌美、身材高挑的洋妞，被一个矮她一头的其貌不扬的亚洲男搂着腰。

小兔对我说：“你看看人家多有本事，能把到那么棒的妹子！再看看你自己，哈哈哈哈，人比人气死人！”

我看了她一眼，“你这真的是在嘲笑我吗？”

6

香港一些街道的规划和广州很像，主题集中，比如一整条街都是园艺店，一整条街都是宠物店……

在那条宠物街上，我们看到了猫、狗、兔子，以及一些两栖动物。小兔很喜欢鸟的，焦急地张望着，“怎么没有卖鸟的店呢？”

“那不就是吗？”

她顺着我的手指看去，看到了一家卖烧鹅的，旁边还有一家店叫鸡记，也是个吃东西的地方。

我们找得很辛苦，终于看见招牌后，忍不住异口同声喊道：

“啊！鸡鸡！”

7

中环很有名，而我们到了香港才知道，原来还有一个地方叫上环。

“你要去哪里？”

“我要去上环。”

这样的对话，好像哪里不对……

8

美食是旅行的浪漫。香港有许多国际性美食，但难得来一趟，我们肯定不会把目标放在西餐、日料上，虽然果真要吃的话，这里的肯德基与吉野家一定与内地不同，也许味道会更丰富和美味……

说起香港美食的聚集地，个人十分中意中环半山那一带。那里的东西真是太好吃啦，但路也很难走，因为大街小巷纵横交错，俨然迷宫，走几步就得查一下地图。

找路这事儿只能交给方向感比我强的小兔，在她焦头烂额的时候，帮不上忙的我无论如何也希望能出点力，于是就在她耳边清唱，“敢问路在何方，路在脚下，敢问路在何方……”

“你能闭嘴吗？！”唱到第三遍时，小兔怒吼道。

9

许多时候我们都重复着找路、迷路和问路的三部曲节奏。

小兔曾一度忍无可忍地指责我：“你怎么可以这么路痴？”

我不服气地说：“你还不是一样？”

“我虽然不知道怎么走，但至少对想去哪里，心里是有数的！”

“我心里有鬼。这局，我们就算打成平手吧！”

“滚！”

10

香港人很随和，热心又文明，帮你指完路会目送着你的背影，如果发现你仍然迷茫，就会追上来教到你会为止。一些老外看到我们摊开地图，都会凑上来问：“Can I help you？”这让我十分感动，可惜自己的英语太差，搜肠刮肚也只能回答他：“Fine！Thank you，and you？”

还有一次，我站在一棵树旁，看着不远处的流动公厕。一个男孩正要进厕所，回头看见虎视眈眈的我，赶紧跑来，小心翼翼地问：“您要上吗？”我说不用，他这才如释重负地进去了。

如果不是我的样子太像大佬，那就是香港同胞真的太友善了。

11

建议要去香港的吃货可以买一本香港美食家欧阳应霁的《香港制造》，里面有相当详细的美食攻略。

小兔一边翻那本书一边问我，“我们先去吃蛇王芬，再去吃九记牛腩，你说呢？”

我就说：“呢。”

小兔又问：“吃完九记牛腩再去找泰昌饼店，你说咧？”

我就说：“咧。”

小兔说下次不想跟我一起出来了。

12

炒蛋、荷包蛋、吐司、意粉火腿汤——双皮奶——鲮鱼球、牛肉双拼粉——蓝莓一盒——蛇羹、蛇粥——丝袜奶茶——九记牛腩粉——莎翁蛋挞、豆浆——龟苓膏、酸梅汤——云吞面、鲜虾水饺——炖蛋芒果甜品。

翻翻菜单记录，以上是我们一个早上按图索骥吃掉的东西。

好可怕！来香港必须带肠胃药啊！

不过，那几天虽然吃得痛快，维生素C的摄取却明显不足，吃得最多的蔬菜是葱。

13

至于星光大道，实际去走了之后发现其实意思也不大，无非就是一条沿海长廊，然后地上时不时出来个名人名字。

哎呀，不小心踩到了成龙……哎呀，不小心踩到了刘德华……所有人都兴致勃勃地弯腰边走边看。所以外星人来地球时一定要选择这里，因为没人有空抬头。如果在这里丢了钱，一定会迅速被人捡走的。

我和小兔看到有一个名人叫凌波，一致认为少了个丽字。

14

我们还去了海洋公园和迪斯尼乐园，前者很好玩，后者很童话。

海洋公园里老外很多，有个项目叫飞天秋千，就是一群人坐在秋千上，跟旋转木马一样转起来，且越转越高、越转越快……

可老外还觉得不够过瘾，某男老外就伸手够着前面同伴的秋千，猛地一扯，那秋千就跟陀螺一样滴溜溜地大转起来，同伴尖叫不已，镇定下来后也探身反击，四个老外就这样在高空中疯成一团，太……太可怕了……

15

我是怎样鼓起勇气去乘过山车的呢？

一家三口在排队，父亲要他那只有七八岁的儿子去坐过山车。

儿子惊恐，“不！”

父亲不解，“为什么不啊？没看到比你更小的孩子都去玩了？”

母亲也过来帮腔，“如果你不玩，我们就不认你这种儿子！”

于是，该儿子哭着上车去了。

我觉得自己绝不能输给一个孩子。

16

去香港，当然还要去太平山顶俯瞰夜景！我们明明买了缆车票，却傻傻地坐巴士上去了，完了坐缆车下来。

我们发现失误之后，因为很不甘心，又去坐缆车上山，然后再次坐巴士下山。

总之，我们在一个晚上，分别用缆车、巴士往返了太平山顶两趟。

悲催的是，那灯火辉煌的夜景，却因为大雾弥漫根本没看全，气得我俩在太平山顶冲着山下大吼，“怒求高清无码！”

17

去香港的话，总会顺便去一下澳门，因为近嘛，而且澳门那么小，一会儿就逛完了。坐船去澳门的时候，我忍不住轻声哼唱：“你可知马尻，不是我真姓……”

小兔飞快地跟上一句，“马尻那么难听的姓谁要啊！”

18

澳门跟台湾有点像，我是说大三巴那块很有鼓浪屿的感觉。食物里，小熊猫米粉和马嘉烈蛋挞还不错。风景……也只有大三巴那里可以看看。

好建筑全都是赌场，我和小兔辗转了多个赌场开眼界。听说在拉斯维加斯的某些赌场，一进去服务生就会送你十块钱的筹码，于是当地一些已经很老的华裔每天都会去赌场，就为了拿这点筹码，然后便宜卖给赌客，赚一点小钱。可惜，澳门赌场没有这种开门红包可给，甚至在我询问服务生哪里可以领到传说中的免费零食饮料时，被他毫不留情地嘲笑了。

19

去过澳门后，我们又回到了香港。对女生来说，香港最大的意义是购物天堂。

走进一家香水店，小兔问：“我能买一瓶吗？”

我说：“都很贵，最好别买。”

“你说买哪一瓶好？”

“我说别买。”

“这瓶闻起来不错呢。”

“我说别买啊！”

“还是你觉得这瓶比较好？”

“……不要完全无视我的意见啊，喂！”

20

后来，我们又去了一家卖护肤品的店。

小兔问：“你觉得我脸上有些毛孔是不是太大了？”

我回答说：“没有啦。”

“看仔细些，肯定有的。”

“那就有吧。”

“果然有吧？最大的在哪里？指给我看看。”

“喏，这里。”

“喂，那是鼻孔。”

21

小兔说：“你对我是认真的吗？”

我说：“当然是。”

“认真你就输了！”说完，她指着等待输入密码的刷卡机说。

购物中的女生，真是无法沟通啊！但即使这趟旅行各种疲倦与破财，我还是很喜欢香港。

让我用马来西亚的天气说想你

○
●
○

1

我、小兔、菲菲、咩咩，四个朋友相携去马来西亚玩。我和小兔从厦门出发，菲菲和咩咩从福州走，约定在香港机场碰头，然后飞往吉隆坡。

晚上九点半，我和小兔抵达香港机场，痴痴地等待着菲菲和咩咩，等啊等，等不到，不禁猜测他们是不是飞机晚点了？是不是正在逛免税店？是不是正在吃东西？

最后，我们论定我们这种旅伴太不靠谱！因为直到深夜十一点半，我们才猛然发现原来登机口是25号而不是50号……

穿越半个机场，找到等了我们很久的菲菲和咩咩时，我和小兔争相控诉我们的那班飞机居然晚点了两小时。

2

对于国际航班的空姐而言，通晓多门语言乃是必备技能。香港飞吉隆坡的飞机快要降落的时候，我忽然有欲望要参观一番机上的厕所。

来到门口，空姐拦住我，用英语说，现在厕所不能用。怕我听不懂，她又用广东话说了一遍，然后又用普通话说了第三遍。

这让我产生了总共有三个人在阻止我上厕所的错觉，看来是真的不能上啊！我只好忍着了。

3

在槟城机场提行李时，菲菲和咩咩的那个箱子仿佛难产的胎儿，迟迟不肯出来，最后他们不得不接受行李丢了的事实。

我们大吃一惊，怀疑是不是有人拿错了。槟城机场内一位体格健壮却姿态妩媚、令人联想起泰国人妖的工作人员告诉我们，“这在咱们这儿是常有的事情。”

为了不耽误接下来的行程，我们决定先到旅馆去。后来我们才知道，原来行李并不是被人提错，而是装错了飞机。机场方十分负责，一找到行李就立刻驱车送到了旅馆。

想想来旅馆的一路上，我和小兔都拖着自己死重死重的行李，而菲菲和咩咩却无箱一身轻地大步向前。

要是丢行李的是我们该多好啊！

4

槟城这里，地方不大，房屋不新，与福建许多沿海城镇十分相似。来这里主要不是玩，而是为了吃，因为这里符合华人尤其是福建人口味的美食实在太多。

几个人一起旅行的优势这时候就体现出来了。什么食物都可以分成四份来品尝，可尝试的增多了，又不容易吃饱。一顿早餐，我们尝试了拉茶、豆奶、椰浆饭、奶油吐司、印度式牛奶咖啡……你吃一口传给我，我吃一口给下一个，流水作业，和睦无间。

小兔说："好像小时候玩过的击鼓传花哦。"

"不不，这些食物里都有奶的成分，应该叫击鼓传奶。"

呃，太邪恶了。

5

槟城最值得一吃的地方，名叫汕头街，乃是如同台湾夜市一般的小吃聚集地。

四果汤、卤鸡翅、鸭肉粥、花生汤、釀豆腐、豆腐花……不管是烂大街的菜色还是第一次听说的新品，全都值得一试。有些是在摊车上卖，有些则是在店里。商家之间关系良好，你在A店点了菜，让他们送到B店去，完全没有障碍，且都是一手交钱，一手交菜，不用担心混淆。

四个幸福的吃货就从街头扫到街尾，第二晚又意犹未尽地从街尾扫到街头。

这条街是爱上槟城的最坚定理由。

6

槟城有个地方，叫做小印度，那是一条印度风情满溢的街道，不仅建筑是印度式的，街上来来往往的也都是黑皮肤的印度人，耳朵里充斥着不是印度语就是印度音乐，餐馆里卖的也都是印度风味的美食。印度客人宾至如归地吃着手抓饭和飞饼，喝着拉茶……

我们在这条街道上拍了很多照片，回去后发微博宣称“我们在印度玩得很开心喔”，成功骗倒了一大帮人。

对于许多向往印度却又对那里的治安和卫生有所担忧的游客来说，小印度真是马来西亚旅行中买一送一的良心景点。

7

槟城最多的动物是乌鸦，我感觉这辈子能看到的乌鸦都在槟城看光了。

虽然用传统眼光来看乌鸦是一种不祥的鸟，但从科学角度来看它们却是非常聪明的生物。每一次经过枝头满是乌鸦的大树，看见乌鸦的嘴里衔着食物时，我都有冲动赞美道：“啊，嗓子最甜美的乌鸦大姐，唱首歌来听听吧！”

清晨与黄昏的时候，大片的乌鸦会在很大很高的树上栖息。，一眼望去，树叶都快要被羽毛取代，十分壮观。听着乌鸦们此起彼伏的叫声，觉得自己要么闪闪发光，要么长得很像僵尸……

小兔在第一次看到这么多乌鸦时，愚昧地说：“这里的白鸽晒得好黑喔。”

8

马来西亚的通用语言是马来语和闽南语，华语和英语能否派上用场，跟谈恋爱一样，要看能否碰到合适的对象。在槟城看到的电视，许多节目都是说闽南语的，包括古装片。

当看着朱元璋用闽南语对众臣发号施令时，我内心的复杂真是无以言表……

9

因为马来西亚通用闽南语，所以可以理解阿牛、梁静茹、光良、巫启贤等许多马来西亚籍的歌手都唱过地道的闽南语歌曲。其中，阿牛还拍过《初恋红豆冰》这一展露马来西亚萌点的片子。

若来槟城，别忘了去一个叫陈家桥的景点看看当时的片场。一整座小木屋的墙被漆成了彩虹色，旁边一个牌子上写着“《初恋红豆冰》里巫启贤的家”，一堆游客在那里留影，而这个家的真正主人——某位婆婆，完全无视外边的客来客往，淡定地坐在地板上看电视。

10

槟城的景点里还包括一处古炮台。这种战争的遗物，在许多地方都能看到，比如澳门。打仗的时候它们靠点火来发热，现在则靠充当背景来发挥余热。

菲菲在那里留影。他的真名里有个“灰”字，于是我们都说，这张照片起名叫“炮灰”好了。不久我跟菲菲合影，问大家这张照片又该叫什么的时候，咩咩脱口而出，“炮友！”

……喂！

11

我们在槟城待了两天，然后前往马来西亚之旅的第二站——兰卡威。

那是一个度假小岛。为了便于移动，建议会开车的朋友可以在当地租一部车，当然，油钱是自付的。这车子跟国内不一样的地方在于驾驶席靠右，因为非常不习惯，所以负责开车的菲菲很是抱怨。

我们谁都不敢坐副驾席，生怕前边来了个车需要往左躲避的时候，菲菲却一抡方向盘朝右边靠过去。

12

兰卡威这个地方民风淳朴，表现之一就是停车的时候不必锁车，而且可以随意停车。我们租车的时候，只给了五十马币当押金，大约就是一百块人民币。

我激动地跟菲菲说："他们太不小心了啊！如果我们驾车跑了，就等于花一百块买了一辆车！"

菲菲却非常理智地说："但这就是个小岛，你能跑到哪里去？"

所以说，民风淳朴也是要结合地理优势来发挥的。

13

海岛旅游，烧烤海鲜自然不能少，我们还吃了不少炸物和泰式口味的菜肴，还有许多好吃但上火的水果……总之，喉咙疼得要死。

我们在兰卡威巴巴地寻找卖消炎药的地方。这里免税店众多，好不容易才在其中一家发现了一个药品专柜，激动的我指着招牌就喊："药！药药！"

"切克闹！"我的同伴们也很激动。

14

来到海岛，必吃海鲜，点饮料的时候，加冰比不加冰要便宜一些，这里的人还真实在。如果点椰汁，通常就是直接撬开，插入一个吸管递给你。

马来西亚的椰子真心好。金黄富贵的色泽，线条圆润的外壳，椰肉雪白柔滑，汁液甘甜顺口，这才是真正的椰子啊！我们戏称为“纯椰们”。

15

根据网上的推荐，我们寻觅到了兰卡威一家名叫真浪的海鲜餐馆。

本来我们不是很放心，生怕这家店名叫真浪，品质却是真烂，但去了之后果然名不虚传，但建议各位，不管是点石斑鱼、螃蟹、龙虾，还是老虎虾、生蚝，都请尽量吃清淡的做法！怪味、潮汕风、泰式之类的重口味做法反而会掩盖海鲜本身的鲜甜。

16

菲菲是我幼儿园便认识的老友，我特别喜欢和他一起旅行，特别是出国。他不仅懂英语，而且还能将一切行程都安排妥当，我跟着走就好。

旅行期间，菲菲对大家照顾有加。比如，在哥打巴鲁办理前往停泊岛的手续时，他会忽然消失，回来时捧着几杯鲜榨橙汁。

到哪里找这么好的人！我被深深地感动了，忍不住对他说：“你是不会买椰子汁啊！”

17

来到停泊岛，当然要玩浮潜。下水前我们非常苦恼，因为不知道旅店钥匙该放哪里，有的泳裤是带拉链的，拉开就有个小口袋可以放东西。

我问菲菲："你的泳裤带拉链吗？"他点点头。

"好极了，让我把钥匙放进去。"

闻言，菲菲结结巴巴地说："但我那拉链是为了方便尿尿的啊……"

18

停泊岛的餐点是自助式的。

第一餐我们拿了许多，剩了不少，侍者收盘时嘀咕了句"Waste"，被恰好懂这词的我听见了，愧疚不已。

第二餐快结束时，我提醒大家这次要注意素质了，已经饱了的菲菲面对满盘残羹，顿时苦恼不已，半晌，他用叉子把剩菜摆成一个圈。

见状，我不解地问："你干吗啊？"

菲菲说："实在吃不下了，想摆个甜甜圈给人家看，也许人家会原谅我……"

19

旅行的最后一站是吉隆坡，关于那里的回忆，与一个厕所有关。

我从一个厕所出来，赫然发现外边等着个金发女子，这才惊觉门上写着"Ladies"，赶紧道歉，"Sorry, I don't know English a little！"

事后我跟菲菲说："我居然用英语告诉她我一点也不会英语，真是太傻了！她肯定以为我骗她的！"

菲菲安慰我说："放心，不会的，你那也配叫英语？"

就在这贯彻始终的丢脸气氛中，我的马来西亚之行落下了帷幕。

无艳遇，很丽江

○
●
○

1

我和小兔决定去旅行。大年初二出发，最初的计划是马尔代夫。

之前我们旅行都是避开高峰期，然而春节却是公共假期，在这种时候旅行其实不甚明智。拥有冬天去温暖国度避寒这种智慧的人是越来越多了，因此，飞马尔代夫的机票不便宜。而且我很想住一下那里著名的水上旅馆，但一早就被人订光了。无奈，马尔代夫之旅只得作罢。

郁闷之余，我安慰自己，马尔代夫每年都在下沉的，等过两年再去，那里的水上旅馆应该就多到不需要预订了。

2

后来我们决定去丽江，借道成都。在成都待了半天，简单逛了逛，感叹成都真不愧为山城——等等，山城好像是重庆。话说，估计成都、重庆傻傻分不清楚的人一定不止我一个。

另外，成都给我留下的最深印象就是食物真是辣得要死，吃了两顿就腹泻了两趟，感觉火锅进了肚子再出来就变成了火药。那不仅仅是指它热力十足，更因为出膛时候的感觉实在太剧烈太奔放了啊！

真想知道成都的苍蝇是不是都很能吃辣。

3

在成都打车的时候，司机要收90块，我给了100块，司机一边找钱一边对我和小兔这俩大龄青年说："你们学生真幸福，还能到处旅游……"

小兔闻言激动地抓住我的手，"就给他100块吧！不用找了！"

看来不管从事什么行业，嘴甜一点都不会吃亏的。

4

我们在大年初三的时候抵达丽江。

那天早上起床，我对小兔说："初三了呢。"

她点点头，"是呀，很关键的一年呢。"

"要加油哦！我们要一起考上理想的高中！"

5

来到丽江之后，我的心情非常好，赶紧给当地的一个朋友发短信，"我来丽江啦！"结果因为太过激动，竟错打成了"我来例假啦"。

不久，收到一条回复，"那还真是恭喜你啊……"

同样因为博大精深的汉语而导致的误会，发生在小兔身上。

丽江古镇上有好多卖银饰品的店，第一次看到的时候，小兔兴奋地指着欢叫，“啊！这家卖银的！”

店老板闻言变色。

6

丽江古镇的青石板路风情万种，但拖着巨大旅行箱走却绝对是一场酷刑——轮子一路剧烈颠簸，等到了住处基本就磨坏了。对于那些旅行结束，行李重量就往上翻了一番的妹子而言，这真是不幸的消息。不过还好，有些旅社会提供接送服务——因为丽江的旅社实在太多，为了脱颖而出，不得不狠抓服务质量。

我们抵达网上订的客栈。服务员亲切地说：“先坐一下，马上帮你们办理入住，饮料水果在那里，请随便。”

我们闻言，立刻大吃特吃桌上的圣女果和青枣，又各自从冰箱里挑出一听比较贵的饮料痛饮。吃完之后，我们坐在院子里的秋千上各种拍照、打盹……

终于轮到我们办理了，一核对信息，发现我们进错了店。在服务员强颜欢笑的表情中，我们打着嗝，默默离去。

7

丽江的狗多到人手一条，因为当地的纳西族人认为狗是他们的祖先。这里几乎每一家客栈都养着一条公关狗，它们有的成天在阳光下打盹，有的则敬业地摇着尾巴，招徕顾客，任凭拍照。

大多数狗都很萌，但有一只吉娃娃看到我却鬼叫不已，惹得旁边的一条萨摩也跟着叫起来，顿时我产生了随时会被咬的恐惧，小心翼翼地绕开了。

哼，你们就是这样做生意的吗？到客栈后，我越想越不爽，于是把正在写的一篇小说里主角的宠物从狗换成了猫。

哼，认输了吧，得罪写东西的人就是这个下场。

8

失去美食，旅行的意义就会少掉一半。丽江的特色美食包括斑鱼锅、黑山羊锅、腊排骨等。由于事先在网上搜过攻略，所以我们的目标十分明确。这里面最喜欢鲜甜的斑鱼锅了！我们还吃了过桥米线，虽然这货全国都有得吃，可总觉得丽江出品的会特别美味。不过事实证明，这一点毫无科学根据。

此外，在丽江的许多店里，回荡着这样的对话：

“老板，给我一份粑粑！”

“好咧！”

当地有一种食物叫“丽江粑粑”。

9

寂静的丽江古镇，想必是极美的，但是那几天却人潮汹涌，广场上遍布山寨版的云南十八怪，乌烟瘴气。静静发呆的小清新氛围只有在客栈里才能体会，一到繁华区尤其是酒吧街就荡然无存。

丽江真不愧有一夜情圣地的美誉，在一些酒吧的门口，甚至能看到装扮成孙悟空与蒙娜丽莎的人浪笑着，请你进来坐坐。这就是所谓的真名士自风流吧!

丽江古镇的街头经常能看到壁画，主要是纳西族人所使用的东巴象形文字，每一个字都犹如被萌化过，比如“德”字，看起来完全就是一个荷包蛋。

凝望片刻，我跟小兔说：“最近的早餐都挺缺德的……”

10

几乎无论在丽江境内的哪一个地方，你都能眺望到玉龙雪山。天天天蓝，白云浓得像口痰。天上流云过境，地上流氓过境，真是相映成趣。于是流氓纷纷举起相机，给白云拍了一张又一张裸照。

但是天气也真的好过头了，太阳大得令我不得不一直眯着眼。我本来眼睛就很小了，一天下来几乎就没了。跟太阳一样大的还有风，蓝月谷的风大到公车一秒变摇篮，感觉随时都有举车葬身谷底的危险。

此外，登玉龙雪山的时候，导游给我们每人发了一罐氧气，但我们年轻人体质好，没用上，就在回程的车上互相喷着玩。那氧气罐跟杀虫剂一个造型，一按开关就嗤嗤地制造新鲜空气，对着嘴喷还能体会哮喘病人的心情。

渐渐的，全车都在喷，这个时候车厢里谁要是划着一根火柴，估计大家就全完了。

11

丽江昼夜温差很大，我们准备了各种保暖设备，白天却完全派不上用场，白天需要的是防晒霜和墨镜。因为白天的紫外线太强，气候太干燥，我的嘴唇开裂了。

小兔说：“我有润唇膏，但是红色的，你要涂吗？”

我本来是拒绝的，后来疼得实在受不了了，就在晚上回客栈的时候问她要。涂完之后，我凝视着镜子里那个妖艳陌生的自己，忽然觉得某扇通往新世界的大门被打开了，竟不期然地产生了再涂点儿眼影的冲动。

12

来到丽江，自然要去一趟传说中的泸沽湖。我们是搭车去的，车程七八个小时，一路上颠簸不已。司机告诉我们，机场的建设将在这两年完成，到时候就可以直飞泸沽湖，不必再在路上颠这么久了。

听了他的话，我立刻想到了一句歌词，“在人间已是颠，何苦要上青天。”好吧，要真能飞着去，还是不错的，但是那会儿泸沽湖大概也会被开发得不成样子了吧。就像丽江已经被过度开发成了“腻江”一样，能在那之前清静地去一趟多好啊！

13

其实要说全程都在颠簸也不确切，最厉害的也就那么几十分钟。当时我眼睛有点酸，想揉一下，却因为颠簸得太厉害，果断变成了自戳双目。

在如此颠簸的路况下，我十分担心司机的方向盘一个打滑，然后连人带车一起落到沟里。不过那位司机大叔镇定自若，八风不动。我敬佩地说：“师傅，您真厉害，一点儿也不受影响呢！”

司机闻言，对我爽朗一笑，“别看我外表是这样，其实也正心如鹿撞呢！”

这话听起来感觉有什么地方不对，于是我不再跟他说话了。

14

前往泸沽湖的路途漫长，难免有下车上厕所的时候。沿途的简陋公厕全都收费，并且一次就要一块！

我使用完毕后埋怨，“简直太欺负人了！这么脏的厕所！”

司机问：“那你怎么还上了那么久啊？”

“想多拉一点，把本拉回来。”

“……”

15

泸沽湖的主打食物就是烧烤，除了烧烤还是烧烤。每一家饭店的门口都摆着个烤架，一只鸡在上面最大限度地舒展着四肢，勾引着过往食客，仿佛在说：“真的不来尝一下吗？”

但我建议在那里最好吃烤鱼、烤茄子、烤野菌，此外沿途的烤土豆也十分美味。贪吃的小兔买了不少，跟老鼠一样吱吱地啃着，遇到没烤熟或者吃不下的情况，就慷慨地丢给我这个垃圾桶。

16

泸沽湖的夜晚，举头三尺有繁星。真的是好久好久没看过那么多星星了，这才叫星球崛起啊！

我们去参加了一场篝火晚会。一个环节是少数民族朋友与游客牵起手来绕着火堆跳转圈舞。我兴致勃勃地也下去跳了，想牵住一个少数民族美女的手，被她甩开了，想牵另一个人的手，被对方告知：去牵后面！最后是一位皱纹多到千沟万壑的大叔慈祥地接纳了我，被如此沧桑的一双手紧握着跳了几圈舞，我心中感慨万千。

17

泸沽湖的草海犹如一个荒芜巨大的水墓。经过长长的走婚桥，沿途所见未必漂亮，但呈现在照片上却无比诗意。

返程时，我和小兔走散了。我独自进入了草海深处。那里遍地荒草，举目枯树，野旷天低。站在一个人的荒原上闭会儿眼睛再睁开，很文艺，很有范。

我思索着，这种情况下有什么比纵情放歌更能表现自由的？想来想去，只能想出随地大小便这样的答案，我恨我的不争气。

18

离开泸沽湖，我们去了束河古镇。那里比丽江古镇更安静，越往深处越静。

小兔休息的时候，我独自出外溜达——我非常喜欢那种迷路一样的乱逛方式。束河古镇上，不少民居前都悬挂着晒干的老玉米。四下无人的时候，我矫健而无良地掰下一个，沿途啃食。这种淘气的行为，正是身为大男孩的浪漫。不过，晒过的玉米硬得像石头，当然是不能生吃的啊！但为了不浪费粮食，我还是跟熊瞎子一样硬吃掉了四分之一，当晚几乎把灵魂都拉干了。

这是一个血的教训。

19

旅行虽然有趣却也很累，因为不能睡懒觉，还必须不停地走路。

有好几个夜晚我甚至还熬夜赶稿，总之，睡眠不足。

回程的飞机上，我绑好安全带就开始睡，睡得昏天黑地，飞机着陆了都没醒来。

小兔推推我，“该下飞机啦。”

我迷迷糊糊地应着，迷迷糊糊地解开安全带，结果却还是爬不起来，定睛一看，我刚才解的是自己的裤子皮带……

20

眼袋、黑眼圈、干裂的嘴唇、脱皮的脸颊、严重的高原红、凌乱的头发和胡楂、憔悴沧桑的气质、剧烈蠕动的肠胃……这些，都是我丽江之旅收获的手信。估计，再来套特色服装，我就能直接化身少数民族。但即使有这样那样的不满意，有机会，我还是愿意再游丽江。

此外很想说的是，在束河古镇，我结识了一位姓和的老师。她是马来西亚华人，虔诚的基督徒，六十岁高龄，还在束河古镇经营着书吧，招待游客歇脚为次，重点是义务辅导孩子。

在这种热门旅游地点，家长更注重孩子的经商才能而非学业，街上常常可以看见用很整齐的顺口溜叫卖小商品的小朋友。和老师便通过与他们的接触，做一些力所能及的、不纯粹是传授知识的辅导，令人敬重。

与她的一小时谈话大概是这趟旅行最洗涤心灵的环节。愿她健康。

远方的意义，斯里兰卡

1

2014年12月2日，我和小兔、菲菲、咩咩一起去斯里兰卡旅行。我们四个，每年都会一起出境游一次，一般都是自由行。斯里兰卡并非热门线路，之所以会选择它，主要是因为一个旅行社与一个电台做联合推广，价格优惠，一查主要景点又全都包括了，于是便贪图不做攻略的省心，破天荒地来了一次四人跟团游。

到了机场我们发现，这个团里的年轻人好少啊，除了我们四个和另外一个妹子，其他都是大叔大妈，简直就是夕阳团，顿时就有了一种所托非人、误入歧途的感觉。一个大妈看了出来，哈哈笑着说："你们年轻人不喜欢跟老年人一起玩吧？别看我们这个年纪，其实也爱玩得很呢，相信我，这趟旅行一定会很愉快的！"

我们便放下心来，然后就听那大妈捶着腰说，哎哟我这风湿又犯了，明天斯里兰卡不会下雨吧？

顿时，刚建立起的信心又荡然无存。

2

我们从广州坐斯航经曼谷抵达科伦坡，航程达八小时，不过飞机上有中文电影，所以倒也不闷。这两年只要飞机上能看电影，我绝对是拿来温习漫威系列的，看得最多的是《复仇者联盟》与《美国队长2》。

小兔非常赞成我的选择，她说："万一飞机失事了，你最后看到的景色就是美队的大胸，也算死得其所。"

喂，可以不要在旅行刚开始就说这种话吗？

3

来到了斯里兰卡，举目皆是萌萌的当地文字。用美金换了当地货币卢比后买了一张电话卡，可以打国际长途和上网。十美金2G流量，可以几个人一起用。真是"海内存WIFI，天涯若比邻"。

后来旅行快结束的时候，流量还剩好多，为了不浪费，经常两个人面对面用微信语音聊天——

"哎，我这有个视频不错！"

"那你发我看呗……"

4

斯里兰卡的许多地方会收小费，虽然不强制，但一块人民币等于二十卢比，一次给个十卢比也没啥好心疼的。一次咩咩去厕所时跟菲菲说："老公，我要小便。"

菲菲头也不回地说："去吧。"

咩咩说："我要小费。"

菲菲反问："你刚才不是要小便？"

咩咩说："因为要小便，所以要小费。"

"到底是要小便还是要小费？！"

"妈的，要给看厕所的人小费，听懂没？！"

5

斯里兰卡的时间比中国晚两小时，一般是七点吃晚饭，而那时国内已经是九点了，所以第一天我们感觉快饿坏了。

我说："这要是在国内，我都吃完晚餐三小时了。"

菲菲说："这要是在国内，我都开始吃夜宵了。"

怪不得你那么胖！

6

斯里兰卡的语言是僧伽罗语，但旅游国家嘛，人人都会一点英语。点餐时服务生就会说英语，但我的英语太差了，服务生离去后，小兔问："你刚问他要什么？"

我说："汤啊。"

她说："汤是soup。"

我疑惑，"然后呢？"

她继续说："你念成了soap。"

我大惊，"……soap是？"

她淡淡地说："肥皂。"

为什么服务生刚才还回答我OK呢？他打算端什么给我？

7

斯里兰卡的动物资源很丰富，我们住的酒店花园里也经常出现阿猫阿狗，服务生并不驱逐它们，大家和谐共处。

第一天住的酒店餐厅里就躺着一只大肚猫，看到我后一脸"我去，这破店来客了"的震惊，然后淡定悠闲地在我们脚边躺下，顺毛打盹，旁若无人。倒是我们，好怕一不小心踩到它……有点身为孕妇的自觉啦！

比猫更多的动物是狗，而且个个骨瘦如柴，到处都是，只要勾勾手，它们就会过来。曾有一只狗，我们进酒店时相遇，就一直粘我到房间门口。这一切，都只是因为我在人群中多看了它一眼……

此外，田间总有不知名的鸟儿，路上时有大蜥蜴爬过，树上动不动就会冒出成群的松鼠，河边有鸡鸭鹅更有小鳄鱼，电线上缠绕着焦掉的蝙蝠，狮子岩那里猴群泛滥……

在一个十字路口，我们看到了闲庭信步的牛，就很新鲜地要过去拍，一不留神还差点儿闯了红灯，反而是那头牛很懂规则地停下了脚步，红灯变绿了才继续往前走……

人类的素质怎能输给牛呢！

8

来到大象孤儿院。

导游：你们看！大象！

我们：喔……（无精打采）

导游：你们看！大象在表演节目！

我们：喔……（无精打采）

导游：你们知道吗，大象便便做的草纸，一本能卖一百人民币！

我们：啥？！（震惊）

大象孤儿院是野生动物局为无家可归的大象修建的收容所，让它们在这里通过展览和表演自力更生。

虽然故事蛮有爱的，但孤儿院的可看性也就是那样啦，不做推荐。

9

让菲菲给我和大象拍个合影，拍完了我一看，他竟拍了个外国妹子。

我：……让你拍我和大象，我呢？大象呢？

菲菲：虽然没有大象，可是有大胸啊！

真让人火大，我很生气地把那张照片收藏了起来。

10

说起导游，他是当地人，名叫查米克，虽然中文发音不标准，但还算流利，只是不够健谈。

于是，有大妈语重心长对他说："你话太少了，该更积极跟我们交流呀，不然我们怎么了解你们国家？"

查米克惭愧道："您想知道什么就问吧。"

大妈就问："你几岁？月收入多少？家里几口人？结婚了吗？你们这下聘一般给多少？"

出现了跨越国境的大妈力！

11

大妈力还表现为慷慨与……不知道该怎么说。

斯里兰卡的果蔬都比较袖珍，一看就没被催熟过。香蕉都是巴掌大小一串，路边随处有卖。大妈们没事就大量采购，全员分食，也丢给我一串。

我说："这怎么好意思……"

一个大妈慷慨挥手，"比国内便宜多了，这么大堆才五块人民币！刚我们五个人去上公厕也就花了五块，你手上这串也就等于一泡尿！吃吧！"

我不要！

12

虽然查米克经常被大妈们弄得哭笑不得，但他还算热情。

比如，团里一大妈说不舒服，他立刻拿来晕车药；大妈说想吐，他立刻让司机停车；大妈要下车，他立刻帮忙搀扶……

大妈干呕半天，啥都没吐出，他关切地问："要不换个地方？前边田里有很多牛粪……"

谜之周到。

13

还有一次，大妈甲对查米克说："让司机停一下，我想上厕所。"

查米克说："你刚刚不是才上过吗？"

大妈乙说："她刚才上的是大号，现在是小号啦！"

大妈丙说："我们中国人是很讲究长幼有序的，大号上完，才能上小号。"

查米克闻言，若有所思地点点头。

并不是这样！你们不要教坏国际友人，好吗？！

14

好了，我们继续说景点。

说说狮子岩吧，这是斯里兰卡最精华的景点。从外围进入林间再攀上岩顶，可看性一路走强，全程高能。顶峰上的湖水与视野也不能更棒！前往空中宫殿的过程因为略困难，沿途有不少当地居民出手相助，当然并不是免费的。

在斯里兰卡，基本上你抱一只路边的狗拍照，都可能有人过来声称这是他养的，你得给小费，当然，你只需以"叔叔，我们不约"的觉悟无视，他们倒也不会不依不饶。所以爬狮子岩时，尽管两条玉臂被无数咸猪手揩了油，可我一卢比都没给他们。

15

一众寺庙都需要脱鞋才能进去。参观丹不拉石窟寺时，烈日将地面烤得灼热，光脚踩上去，本身就是一种修行。穿着袜子的人都温柔地鼓励没穿袜子的：“你有病吗？没病？没病走两步。”

这一站的特点是有各种各样的佛像可看，其中不少是卧佛。

走进一个石窟后，我脱口赞叹：“卧槽！”

查米克立刻说：“是卧佛。”

被外国人纠正了呢……

16

我们坐高山火车前往努瓦勒埃里耶。铿锵摇晃，山景无敌，很多人奋勇地把头、手、半身伸出窗外拍照，因为速度其实也没有很快，所以这种文艺范值得一试。

唯一一对老夫妻中的大妈警告大爷：“你年纪不小了，不许这样！掉下去怎办？”

大爷满不在乎地说：“那灵堂上的遗照就摆这个好了，多酷。”

大爷也是看得开……

17

这对老夫妻的日常吵架蛮多。

有一次，大妈要买个好几千的月亮石，大爷不让，二人就吵起来了，从店里一直吵到车上，然后再吵到餐厅。

大爷怒道：“你以为你是靠谁才能坐在这里？！”

大妈冷冷地说：“屁股。”

我宣布，这局大妈获胜！

18

斯里兰卡临近印度，举目所见都是黑皮肤，这里的人的性格气质也很接近阿三，尤其是宝莱坞影片所展示的能歌善舞，我们是充分体验到了。在晃动不息的火车上，几个斯里兰卡人民兴致勃勃地跳起舞来，大妈们掌声鼓励完之后，居然用手机播起歌曲，在狭窄的通道上跳起了广场舞作为回应。

最终，火车的过道变成了双方牵手狂欢的庆典。“苍茫的天涯是我的爱……你是我的小呀小苹果……阿开苦力猴亚猴奔……”

我想跳车……

19

我们在车上吃便当，量很多吃不完，干脆就分给左右的乘客，他们倒也大方地接受了。车上也有卖小吃的，一位大爷卖一种类似炸枣的零食，包装纸上赫然写着……数学题！还都是打钩了的！仔细一看，大爷腋下还夹着一叠呢，谁要买炸枣，他就拿出一张一包……

大爷，你这么节俭，你孙子知道吗？

20

努瓦勒埃利亚可以玩两天，卖点有三，分别是漫漫火车上山路，梯田式茶山美景，以及山顶的欧式小镇。不过山地气候阴晴不定，另外，虽然这里仿佛是茶叶集中营，我倒没觉得有在这里买茶叶的必要。

我们在欧式小镇玩骑马。小兔身材娇小，马师却给她推荐了一匹高头大马，还是个孕妇！看来，马的生活也好艰辛！但我们倒也没有“策马奔腾，共享人世繁华”，也就是随便溜达拍照，结果那母马中途忽然开始汹涌地排泄，小兔欲哭无泪。骑师见状忙来安慰，蹩脚的英语加指手画脚的动作，传达的意思大概是“别怕，你腿短，没溅到”。

感觉比溅到了更过啊！

21

我也安慰小兔。

我说：“你记得我们去泰国的时候骑大象吗？当时它也是走着走着就开始拉粑粑了。”

小兔怒目，“为什么！这算安慰吗？！”

22

入夜了，我们还去逛街。看到一些民居门口点着小白蜡烛，气氛神秘，不知就里。一家大超市正在关门，我们连忙拦住，表示想进去看看。店员为难地表示他们下班啦。

我们：就逛五分钟嘛。

店员：可是收银员早走了。

我们：没关系啊，我们又不买。

店员毅然关门。

真的好过分！

23

之前看到关于斯里兰卡的推荐，感觉都很厉害，都很向往，但真的去过之后觉得，唯一不可错过的只有狮子岩，当然，我也喜欢努瓦勒埃利耶和加勒古城。

加勒靠海，城堡与小镇很有感觉。我、菲菲、咩咩、小兔四人坐在堤坝上，让人帮忙合影，觉得很有“那些年，我们一起追过的女孩”的青春感。结果照片拍出来后我们发现，大家的视线根本就不一致，看左、看右、看上、看下的都有……

那些年，我们貌合神离，各怀鬼胎……

24

我们挑了一处绿草如茵的广场，一个人玩命跳高，另一人利落抓拍，争取拍出一种飞天的感觉。为了获得更好的拍摄效果，我们还挥起了当地的手工丝巾，风中凌乱，飘飘欲仙……

那个广场上有不少情侣在约会。清一色是女的靠墙，男的跟壁咚似的一手按墙，对着爱人说情话。一组组离得很近，有时候这边正接着吻呢，一转头就能看到另一对在接吻……

你们是那么缺地方吗？而且在我们如此奔放地拍照时，你们竟还能做到如此专心谈情不笑场，根本就是在侮辱我们嘛！

25

加勒古城的街巷安静慵懒，让我想起了马来西亚的槟城，要拍小清新照来这里就对了。无名小店的手工水果冰还很好吃！趴在城墙上一边吃冰一边俯瞰街景，其乐无穷。

结果，我正开心地吃着冰，一不小心就看到个当地人鬼鬼祟祟地走到一棵大树后，哗啦啦地开始……

不！这不是我想看的！把小清新还给我！

26

斯里兰卡的景点多而分散，如果真要玩得面面俱到，我建议分两次来，避免从南到北的舟车劳顿。但话又说回来，很多人来过一次也许就不会有兴趣来第二次，那么，比较辛苦但囊括了几个重要景点的行程倒也不是不能接受。

景点和景点间会有不少野生美景，每每此时，同团的大妈们就会要求停车拍照，一般也都能得到满足。次数多了，就形成了条件反射。返程飞机上有人看到蓝天白云美如画，脱口而出，“能不能让我下去拍张照？”

有景，任性！

27

来到南部海滨，总要看看斯里兰卡的著名人文景观——高跷海钓。十字架般的木棍支在海里，黝黑的渔民跨坐其上垂钓，傍晚时去拍别提多有意境了。问题是随着游客渐多，这已经变成一个商业味浓郁的项目。

渔民们会热烈地怂恿你爬上木架，他们还会帮你在钩子上串好鱼，你拿着摆姿势就好，当然，要收钱……

看着趋之若鹜的摆拍游客，我感叹，“这样还有什么好看呢？”

小兔说：“就是，除非爬上去的人一屁股坐在了棍子尖上。”

那又有什么可看性？

28

说说我们团的领队吧，就是负责从国内把我们领到国外来的旅行社工作人员，也是个大妈。她比游客还要投入，每到一站，不拍痛快了绝不上车，所以我们这个团从没有团员被催着上路的情况，都是我们催领队快点……

此外，她还经常乱入我们的镜头，我们见了就责备，她很委屈地说：“我是怕你们光线不够，所以来当电灯泡的……”

嗯，人家也是一番好意，不忍心责怪了呢……

29

领队的拍照热情在我们下车一窝蜂跑光后瞬间爆发。只见她掏出一根棒子，那架势，宛若魔法师掏出了魔杖，眼看接下来就要使用什么索命魔法了，结果，她用魔杖支起了手机，开始拍照……

30

领队虽然徐娘半老，但拍照时的创意绝不输给年轻人，比如面对夕阳，肯定要拍用手托举或者一口闷的效果照。我在旁边默默盗摄了两张，感觉非常像在修炼大法……耳边不禁响起了一句歌词：“下一个天亮，把偷拍我练功的照片送我好吗……”

此外，跟团游本该是“下车拍照，上车睡觉”，这个团的大妈们则是“下车拍照，上车发朋友圈”……

31

斯里兰卡的酒店标准与国内不同，这里的五星像国内四星，这里的四星像国内三星……基本上，我们每天都会换一家酒店，但在南部海滨则在同一个酒店住了两晚。白天出门的时候，咩咩把墨镜落在酒店了，晚上回去，发现服务生用浴巾做了个小人摆在她床上，脸上戴着那副墨镜……

嗯……闲着也是闲着……

32

住在海边，早晨可以看日出，晚上可以享受游泳池。

我和菲菲一起泡在池子里，聊着即将到来的明年，各自有些什么计划，聊着下一次的旅行将是什么时候……聊着聊着又都沉默了，单纯地看着满天的繁星。

之所以喜欢旅行，就是喜欢这样的一刻。远离了熟悉的生活，什么都不去想地放空，回过神来，会有不知自己身在何处的恍惚。

33

倒数第二天，搭小火车去科伦坡。小小的破破的车站掩映在草丛间，当地乘客挂在门上。在一车微妙的气味与淳朴的笑容中穿过山和大海，也穿过人山人海。这就是旅行的醍醐味！

等火车时，我问导游查米克：“你们这儿的火车正点吗？”

查米克说：“正点！车头很大，车尾很翘……”

喔喔……那……汽笛声肯定也很性感咯？

34

当地火车分三种。一等车，红皮，需提前预定，对号入座。二等车，蓝皮，我们去努瓦勒埃利耶时坐的就是这个，座位属于逮着了才有得坐。三等车，没有车门，上下随意，接近公交车。我们这趟坐的就是三等车。看过许多印度人开挂一样乘火车的视频，实地领教过才发现竟然是真的，“飞檐走壁莫奇怪，去去就来”……

至于车厢环境，简直是会动的难民营。其实完全可以坐舒适的巴士，但我还是坚持坐小火车，一来为了体验成为《千与千寻》海上火车（也许还有《海贼王》？）灵感来源的、全世界最长的沿岸铁路，二来我是那种重视新鲜体验多过一切的旅行者，哪怕那体验不太愉快。

事实证明，这次火车之旅不如照片与想象中的那么浪漫，但我还是很满足。当地人身体不干净，但笑容干净，对上目光就露出温和笑容，个别还会做鬼脸，嘟嘴抛媚眼那种。

事后看相机，完全是在问“约吗”……

35

科伦坡是斯里兰卡最大的城市与商业中心。班达拉奈克国际会议大厦，这是当年中国政府援建的。

当然，这不是重点，重点是它对面有个大佛，举起右手做念佛状，正面看过去，完全就是在比中指……

真是太不敬了！

36

科伦坡景点值低，购物值提升，作为回国前最后一个可以买手信的地方，也算安排合理。同团的一位大妈，人称包嫂。本以为她姓包，结果真相是每次到了买东西的地方，她都双眼放光地表示这个给我包起来，那个也要包起来。到了吃自助餐的时候，她大杀四方的架势分明是宣布这些食物都被她承包了。到了该跟导游沟通却难以启齿的时候，她也总是一副“包在我身上”的表情，捋起袖子，说上就上……

啊，包嫂！

37

包嫂是带着女儿来的，她很亲热地拉着那妹子对我们说：“你说我俩像姐妹吧？”

然而，她俩其实如同祖孙啊！

表面点头的我，心里想的是“麻烦你们先从母女开始像起……”

38

斯里兰卡的特产是红茶与宝石，这两样东西随处可见。比如，较大的餐馆附近肯定有一家，方便吃撑了的人去买。包嫂在这种时候仿佛将军，每次都带着全团大妈冲锋陷阵。

有一次，她们杀入一家宝石店，被告知上品全被另一个旅行团给买走了。

我说：“全买了？真厉害。”

那个团里的大妈闻言，笑嘻嘻地说：“我们可不是很厉害嘛！基本上进一家店就把它最好的买空！去香蕉摊也把香蕉买空！去一家茶叶店也把茶叶买空！”

我偷眼看包嫂，只见她的脸色十分难看，问了那个团的大妈接下来的行程后，立刻跑去警告查米克，“我们必须赶在她们之前先到才行！”

不要在这种地方燃烧斗志啊！我们是来旅行的啊！

39

虽然去观摩了一下宝石是怎么被挖出来的，但我对这种东西还是没兴趣……这阵子吃得上火又熬夜写稿，脸上长了痘痘，逛宝石店时发现玻璃柜里有镜子，就凑过去观察自己。为了不被发现，还努力装出挑宝石的样子，时而皱眉，时而点头……

正投入表演着，柜台人员忽然指着我的下巴冒出一句，“Sir，here。”

在早已看透一切的店员帮助下，我发现了一颗新痘痘。

40

比起红茶与宝石，一些做工粗糙的手工艺品倒还有点意思。

大爷挑选木雕时问我：“小伙子，你知道这是什么木吗？”

我随口打趣说：“看这个这么结实，应该是阿童木吧。”

那大爷立刻去科普：“哎哎，这个是阿童木……”

大爷，看来我们的童年果真不一样啊！

41

我们还去了一个比较大的商场，圣诞节将近，里面的布置已颇有气氛，不过这里是终年如夏的热带海洋性气候，让圣诞老人穿大棉袄也是有点为难吧？

菲菲说：“也许这里的圣诞老人比较颠覆，习惯赤裸上身露出浓密的胸毛。”

咩咩说：“既然要颠覆，驯鹿也该拟人成一群头戴鹿角的精壮汉子。”

小兔说：“然后圣诞老人举起皮鞭对准他们的屁股，驾！”

这绝对不是正常的圣诞精神！

42

有个广告不知有没有盛行全国，但福州人肯定都很熟悉。

一女子倚窗自怜，“怎么还没来？都超过六天了……”

然后一只喜鹊叫道：“恭喜您，怀孕啦。”

女子大惊：“吵死了，坏喜鹊，人家还没想要呢。”

喜鹊说：“那，只好去××无痛人流中心了。”

从那个大商场出来，等待最后几位团员集合时，我无意中说了一句：“怎么还没来？”领队立刻接上：“都超过六天了！”

包嫂接了下一句，“吵死了，坏喜鹊，人家还没想要呢。”

大爷回应，“那，只好去……”

然后，她们击掌狂笑。

嗯，我们果然是来自同一个地方的………

43

隔天要回国了，飞机很早，所以我们四点多就要离开酒店。

菲菲闻言嚷嚷着，“那今晚要早点吃晚饭啊！”

我说：“对，早点吃完早点睡觉。”

菲菲：“不是，早点吃完，明早才能吃得下飞机餐啊。”

每顿飞机餐都必须消灭干净，的确是吃货的常识！

44

斯里兰卡的酒店多提供自助餐，许多食物要掀开容器盖后才见分晓。

我指点同团大妈，“其实不必非得掀开，我们可以观察容器前的公用勺，通过上面粘的残渣和酱汁判断里面装着啥，实在不确定，还可以闻……”

大妈说：“哦，我一般习惯看牌子上的英文。”

大妈，你……

45

一般我们到了餐厅，女生们会很高兴，“哇，自助耶！”然后找地方坐好，男生去取来各种食物，女生一边吃一边叮嘱，“这个好吃，再多拿点儿。这个不好吃，别拿了……”我们就悉心记好，再去拿下一轮……

这岂止是自助，简直是自动！

不过斯里兰卡的食物也就那样，调味较重，材料也不精细。

有一次我们去一家中餐馆，厨师估计在福建待过，菜里放了许多糖，调味都很甜，吃得我们泪流满面，乡愁阵阵……

46

国外旅行要给导游小费。我们给完，请查米克写一张收据，他就写“于×年×月×日受到×美元”。

我们看了以后说：“写错啦，不是受到是收到。”

查米克说：“收和受不都是拿到的意思？”

小兔说：“不一样的，收只是一个动词，而受除了是动词，还是形容词和名词……”

“闭嘴！不要教外国人一些不该教的！”

47

我们回国了……

妹妹问：“斯里兰卡盛产宝石对吧？你买了什么宝石给我？”

我微笑不语，泡好一杯红茶，然后给她看，“看，这深沉厚重的色泽，多么奢华、高贵，多么像一颗上等的红宝石。”

妹妹给了我一个中指。

48

回来后我把一些照片发群里，朋友们看了之后，纷纷感叹我是直男。

我：虽然的确是，但为什么现在才说！

朋友：直男无审美。

我：……

49

说真的，亲身去过一次斯里兰卡后，网上的一些吹嘘也就不攻自破了，不是说这是个垃圾地方，只是第三世界的条件以及文青的文艺想象会令许多对旅行品质有较高要求的人失望。

须知，再怎么一般的地方，只要选对了摄影师，也能拍出绝美的景色。

我只想说，如果旅行的机会不太多，建议不要去斯里兰卡。如果你是个重视增广见闻且不斤斤计较、有苦中作乐精神却不盲目小资的浪漫主义者，斯里兰卡之行或许值得一试。

第三章

一段一段快乐忧伤

世界很无聊，因你而有趣

WORD

我的表哥表嫂

表哥大我一岁，早婚早育，目前娃娃已经五岁了。

老家拆迁后，各路亲戚云集到了一栋安置楼里，成了左邻右舍，表哥一家也搬到了我家楼下，大家有事儿没事儿就串串门，因此多了不少搜集段子的机会。

至于什么段子……

比如从江苏旅行回来，我拿手信去表哥家。

刚进门，表哥就对表侄儿说：“表叔来咯，快叫表叔。”

表侄儿很乖，“表叔好！”

表哥闻言扯住他领子，一边作势准备扇巴掌一边怒吼：“让你叫表叔！你为什么这么不听话？！为什么多叫一个字？！”

我表侄儿也一边甩头一边假哭，“呜呜……我错了！不敢了！”

嗯，就是这种精神病院的日常段子。

我经常外出旅行，表哥一家则不然。

我问："你们不喜欢旅行吗？"

表嫂说："我喜欢啊！他不带我去而已。"

表哥深情地捧着表嫂的脸说："为什么要去看世界？这，就是我的全世界。"

表嫂被屁话蒙蔽，面露娇羞，"你说，这世界美吗？"

表哥一脸无畏，"这世界主要是大……"

我感觉自己快要目睹一个家庭的破灭了。

在表哥家吃饭，聊起苏州，表哥说那里人说话轻轻柔柔的，特别好听。我闻言压低嗓音，用娇吟般的气声呢喃："这……这样吗……"

表哥大喜，吐气如兰地轻轻回答："对……好好听……"

我："这饭……好好吃……"

表哥："汤也……好好喝哦……"

一旁的表嫂沉着脸，把表侄儿的耳朵捂了起来。

而表侄儿挣扎着说："干……干什么呀妈妈……"

表哥吧啦吧啦地说了许多话，表嫂都没搭理，表哥很不爽。

"喂！你把我的话当放屁是吧？！"

表嫂一拍桌子，"怎样？！"

表哥有点委屈地说："那……那你要捂一下鼻子……"

能屈能伸，真乃铁汉……

表哥虽然已为人夫人父，却还是很幼稚，比如他一直喜欢组装模型。

有一次，他正组得投入，模型被表嫂冷不丁地抢走，他吓得面如土色。

表嫂冷笑，“说点好听的来听听，否则老娘砸了它！”

表哥大叫：“表砸（不要砸）！”

表嫂大怒，果断砸了。

表哥大概很想跟第一个把“婊子”念成“婊砸”的人谈谈。

有一阵子表哥学别人投资，结果失败了，心情很郁闷，一边跟我抱怨一边拍着大腿骂自己：“我太太太傻了！”

然后表嫂从厨房冲出来吼道：“关我屁事啊！”

表哥感受到了雪上加霜的痛苦。

表哥还喜欢玩游戏，表嫂阻止时，他苦哈哈地说：“我最近很郁闷！需要减压！你不知道我已经连续一周大便出血了！”

也许他确实是压力大才便血，但是表嫂听后只是冷漠地说了一句：“得痔疮跟玩游戏有什么关系？”

某天我看到表哥在朋友圈发了一段话，大意是身为男人，如果不能给老婆一张银行卡并豪迈地说“随便刷”，早晚会被老婆推进厨房指着一堆脏碗说“随便刷”！

我想这段话绝对是边刷碗边发的吧……

表嫂一边涂指甲油一边懒洋洋地对表哥说：“我要是有钱了，就雇人把你打一顿。”

表哥冷笑，“但是现在有钱的是我！所以只能由我雇人……把自己打一顿了！”

如此呛辣的男人味，表嫂深深钦佩。

表哥跟表嫂经常吵架，真真假假的，我看了好几次现场直播，其中有一场关于离家出走的戏。

表嫂：我要离家出走。

表哥：走吧！走吧！

表嫂：我这一走，你就休想找到我了。

表哥：那我只好贴寻人启事。

表嫂：那也找不到。

表哥：我会努力挑一张你没P过的比证件照还真实的全身照，配上真实姓名、年龄、身高、体重、体型等资料增加捕获率。

表嫂（失控地大叫）：你好狠的心哪！

然后，他们神秘地和好了……

大部分时候，表哥表嫂的吵架还是很好看的。

表嫂说：“你这人怎么翻脸跟翻书一样？”

表哥说：“你才是吧！”

表嫂说：“你脸皮这么厚，应该是精装硬皮本吧？”

表哥说：“哎哟，你脸这么大，至少是16开本的书呢。”

表嫂说：“闭嘴！你这本连封面都印糊了的破盗版！”

表哥说：“你这伪装成纯爱少女漫的小黄书！”

真是，连吵架都散发着油墨的芬芳……

表哥说，那天他和表嫂上街，看到一美女，穿着露脐装，一截雪白的小蛮腰曲线动人。他忍不住拍了拍表嫂，“看，快看那腰……”然后惊觉表嫂满脸不爽，紧急改口道，“那妖精！大白天穿这样，真是不堪入目！”

为机智的柳下惠点赞！

表嫂做了新发型，两手捧着脸作花朵状，问表哥：“可爱吗？”

表哥在玩手机，不耐烦地说：“装个屁的可爱啊！”

表嫂脸上的笑容消失的瞬间，表哥闪电般站起来，扶住她的双肩深情说：“这就对了。这样多好。自然不做作的你，无敌可爱……”

继续点赞！

有一年“六一”，表嫂对表哥说：“儿童节到了，人家要买东西嘛！”表哥摸摸表嫂的头说：“乖，你已经长大了，不能过那么幼稚的节日了，知道吗？”表嫂懂事地点点头，“嗯，知道啦！今晚起，我要学着勇敢地一个人睡。”表哥立刻说：“亲爱的，随便买。”

然后，表嫂就愉快地欢度“六一”去了。

给表哥表嫂推荐《闪电侠》，因为里面有久违的米勒，他们当年都很喜欢《越狱》。

表嫂看过剧照后感叹米勒还是那么帅。

表哥问：“他帅还是我帅？”

表嫂笑着说："好啦，你帅。"

表哥闻言，怒吼道："放屁！米勒是最帅的！"

表哥，你怎么不按剧情走啊？

好奇表嫂为什么会嫁给表哥。

她说："你表哥别的不行，但是有一手出神入化的剥壳技术啊！不管是螃蟹、虾姑还是小龙虾，都能又快又清楚地去壳，能出来的肉全出来了，包括蟹脚尖里的，丢到我碗里前还不忘在佐料盘里蘸一下，并且只是稍微蘸一下，这样我就既能吃到加味的肉又能尝到鲜甜的原味……"

这种老公得看好了，会有很多人想抢的…

表嫂不算瘦，一天她问我："哎，你说我该不该减肥？"

不等我开口，表哥立刻凑过来说："有什么好减的啊，你的身材跟以前一样嘛！"

表嫂开心地说："讨厌！"

表哥兴致大发，用食指挑起她的下巴说："妞！"然后顿了顿，又拿中指挑起她另一层下巴，"给爷笑一个！"

之后，表嫂决定减肥，顺便把表哥揍了一顿。

所以说，拍马屁时不要做多余的事情！

表哥给表侄儿拍照。

表嫂抗议说："只知道拍儿子都不拍我，负心汉！"

表哥说："我去，你不是老说我把你拍很丑？"

表嫂扭捏一下，说："丑就丑啦，刚好人家颜值太高，也找不到别的办法降下来了呢。”

你们这对夫妻，要不要当着客人这么秀恩爱啊！

跟表侄儿聊我的旅游经历时，表哥走过来，表侄儿很兴奋地说：“爸爸，表叔在跟我说武夷山的悬棺耶！”

表哥不屑地说：“武夷山的悬棺，跟我们这的有什么不一样？”

表侄儿惊讶，“我们这也有悬棺？！”

表哥说：“有啊，你妈不就经常在玄关擦皮鞋……”

表侄儿削铅笔把手指给割伤了，表哥心疼不已，又是呼呼吹气又是拿创可贴，但其实只是一个很小的伤口。

我笑说：“你真是个二十四孝老爸！”

表哥严肃地说：“你懂什么？他可是我的命根子啊！”

我点点头，“也是，命根子被割了，难免紧张……”

然后……然后，我就被他赶出来了。

表哥颤抖地指着儿子，冲表嫂暴跳如雷：“你看看你的儿子！你看看！”

表嫂看了看儿子，虎头虎脑，白皙可爱，于是用力一拍桌子，冲表哥恶狠狠地吼道：“这，就是你养出来的好儿子！”

然后，夫妻俩勾肩搭背，得意地大笑起来。

我第一次知道还能这么晒娃，可怜我那个表侄儿都被他爸妈吓哭了……

替表哥表嫂去接表侄儿。

他看到我说："表叔帮我个忙……"

我说："又想吃肯德基了吧？"小鬼不住点头，我就给他买了鸡翅，把他送到家后我就走了。

等电梯时，表侄儿跑来抓住我说："我今天把iPad带去学校了，老师说要跟妈妈告状，你帮我求求情吧！"

我无语，"你不会早点说喔？"

表侄儿可怜兮兮地说："我一听肯德基就什么都忘了……"

果然表哥表示要惩罚表侄儿，主要原因是iPad被没收了，他没得玩了。

表哥拍着膝盖说："过来，自己把裤子脱了，趴着！"

表侄儿一脸恐慌地朝我看来，我知道该我充当和事佬了……谁想到，这孩子用哭腔跟我说："表叔，你把脸转过去……"

这么危急的时刻应该跟我求救，而不是害羞啊，傻孩子！

表哥多数时候只是吓唬吓唬儿子，不会真的打他。

有次我观摩他家的教育现场，只见表哥重重一敲桌子，在杯子盘子的颤抖中吼道："你胆子也太大了！是不是觉得你爸脾气太好？！你知道别人私底下都管我叫什么吗？！"

表侄儿怯生生地回答："小江。"

表哥："……没错！"

然后他默默坐下来给孩子讲道理。

喂！没有酷炫的背景，麻烦不要使用那种开场白，好吗？！

不过，我家表嫂可是该出手时就出手的。

一次表侄儿做错了事，她就打了他的屁股。看着小男孩露着屁股趴在沙发上呜呜地哭，我批评表嫂怎能如此残忍，人家都说有妈的孩子像块宝……

表嫂不以为然，一边搓着儿子的屁股一边说了一句让我至今都难以反驳的话。

“你看，这一片红红的，不是很像护舒宝嘛。”

我的表侄儿

具体说说我的表侄儿吧。小家伙五岁，人小鬼大，十分好玩。身为儿童文学作家，我当然乐意跟他打交道。

在他牙牙学语的时候，一次带他上街，碰到个乞丐，我指给他看，“叫花子。”

表侄儿迅雷不及掩耳地管乞丐叫了声，“花子……”

表嫂带表侄儿来我家做客，带了只烧鸡做礼物。

表侄儿跟我说：“表叔，我学了个词，教你好吗？”

我说：“好呀！”

他说：“这个词叫拔……腿……就……跑……”

说完，那孩子从烧鸡上拔下鸡腿，跑了。

我从此再也忘不了这词了。

表侄儿狼吞虎咽地吃着鸡腿。小孩子学了新词新句就爱卖弄，只听他非常幸福地感叹，“太好吃了！简直是神仙的生活呢！给个小组长都不换！”我就问：“那给个班长呢？”小鬼沉默了，没有再说话。

表侄儿，你的爱只有这么肤浅吗？

小鬼，就别学人装吃货了！

我妈做了南瓜饼，表侄儿吃得很欢，但忽然呻吟了一下——咬到舌头了。

我让他慢点吃。过了会儿，他又叫，原来咬到手指了。

我看不下去，拿过饼来喂他。只见他张着血盆大口，在我的手指靠近时，冷不丁地合上，上下牙齿撞出咔的一声，吓得我手一抖，饼掉在了地上……

我感觉自己就像一只尝试从夹子上偷饵的老鼠。

早熟的表侄儿，在情人节这天显得很忧郁。表哥问他怎么了，他叹了口气说：“你这种有人可以一起过节的人，是不会理解我的痛苦的。”

天哪，这是五岁小孩该说的话吗？

表侄儿扬言要跟一个刚认识了三天的女孩告白，找我彩排，开口就是“我们认识也不是一天两天的了……”

嗯，蛮实在的，说得挺对，不知道那个小女孩给他机会没有。

不久后我得知那个女孩不理表侄儿了。这年头的小鬼是多早熟啊！

我安慰表侄儿说：“你还小，所以不知道，这人哪，是会变的。”

表侄儿狐疑地看着我。

我说：“真的，别看你现在这样，早晚也是会变的！”

表侄儿突然兴奋起来，问：“真的吗？那我可以变成汽车吗？！”

唉，这到底是成熟还是幼稚？

表哥跟我描述表侄儿跟那个女孩闹别扭，说人家看到他就把头一扭，还哼了一声。

表侄儿不爽，再见面时，就先发制人地把头一扭，也哼了一声。

这次，又轮到女孩不爽了。

于是，第三次见面的时候，两人不约而同地把头一扭，哼！

孩子的世界，果然是太幼稚！

带表侄儿去散步，路上我随口哼道：“夜色多么好……令人心神往……”

表侄儿在一旁听得专注，我笑道：“看你听得怪认真的，知道这是什么歌吗？”

表侄儿不服气地说：“当然知道了，这是《墨西哥郊外的晚上》。”

我点头赞许，“想不到，你这个年龄的小鬼也懂这么多。”

后来我想了想，不对啊！应该是莫斯科啊！

散步到公园，表侄儿轻轻跟我说：“表叔……”

我说：“怎么啦？有屁快放。”

表侄儿点点头，屁股响起噗的一声，然后红着脸对我说：“我就是想放屁。”

瞬间感觉那句粗俗的俚语被发明出来至今，第一次用对了地方……

跟表侄儿讲《拇指姑娘》的故事，问：“你知不知道为什么她叫拇指姑娘？”表侄儿说：“是不是因为她都用大拇指挖鼻孔？”

这国家的教育到底出了什么错？一个小孩子怎么会有这么不天真的幻想？

也许，毅然回答“没错”的我也要负上一定责任……

教表侄儿讨好老师。

我告诉他，如果看到老师在忙，你就去说：“老师，您歇歇吧！”

结果这笨蛋记错台词了，看到老师在忙，跑过去说：“老师，您歇了吧！”

被扣上一顶“教坏小孩”的帽子，我也很冤枉！

表侄儿也经常来我家玩。

一次他在客厅看完电视要离开，我就喊他把电视和风扇关掉。只见他左手电视遥控，右手风扇遥控，大喊一声：“喝！”如开枪般同时按下按钮……

结果什么都没发生——原来是反了，电视遥控对着风扇，而风扇遥控对着电视。

尴尬片刻之后，他又大叫一声，“哈！”然后单膝下跪，双臂交叉，再度按下按钮，顺利关掉了目标电源。

真是谜一样的酷炫。

还有一次他正在看着电视，忽然电视出了故障，画面只剩下一片蔚蓝。

表侄儿大惊，说：“只好用超能力来让它变好了！”然后，他张开双手对准电视，咬紧牙关，分外吃力。我看着好笑，悄悄拿遥控给关掉了。

他一看整个屏幕黑了，吃了一惊，然后微笑说：“修起来太麻烦了，我让它彻底坏掉了。”

“喔喔，这样啊，真是太了不起了。”我开心地回应。

跟表侄儿虽然关系不错，但偶尔也会吵架。

小鬼骂我：“表叔大笨蛋！大笨蛋！”

我恶狠狠地说：“这么没礼貌的话，可不要让我听见第二遍！”

他好像有些气馁，“可我刚才一口气已经喊了两遍。”

我想了想，“……那不要让我听见第三遍。”

他欣然答应，“哼，好的。”

虽然达成了共识，但我感觉自己在气势上就已经输了。

可恶！

我的脚在抖，表侄儿啪的一下按住，我就身子乱扭手乱抖。他疑惑地松开按在我脚上的手，我上身不抖了，脚继续抖，他又一次按住我的脚，然后我上身又开始抖……

表侄儿默默走到一边，陷入了某种科学沉思。

给表侄儿讲故事时提到一个成语——手心手背都是肉。

他好像很喜欢，立刻用了起来，具体用法是捏着他妈妈的手说："妈妈，你手心手背都是肉。"

"还不是因为生了你才变胖的！"表嫂悲愤地吼道。

有一个关于油漆的电视广告，内容是一个男孩叹着气，林志颖问怎么了，男孩说："我的房间太幼稚了！"说完忧郁地走开了，林志颖就把他房间漆得焕然一新，男孩好开心。

表侄儿看过这个广告后深受启发，在餐桌上很深沉做作地叹了口气，表哥表嫂问怎么了，表侄儿说："我的房间太幼稚了。"然后一脸期待地看着父母。

于是表哥过去牵起他，打开大门将他推出去，然后关门。

"现在你连房间都没了。"

表侄儿哭着拍门。

这大概就是卖家秀和买家秀的区别吧。

天气渐暖，说了句"壮哉，我大春天"，表侄儿问啥意思，我说是夸奖用语，夸什么就说壮哉我大什么。

这小鬼一点就通，说："这件衣服是姨妈买的。壮哉，我大姨妈！"

我被表嫂痛骂，“你都乱教别人的小孩些什么东西啊？！”

表侄儿以手持绝世神兵的酷炫姿势高举电蚊拍，怒吼道：“电——光——龙——破——斩！”然后狠狠一挥，击中了苍蝇。我见状猛地往沙发上一倒，模仿被电焦的苍蝇一边抽搐一边发出嗡嗡的惨叫，我们配合得天衣无缝。

然后，表嫂以我对教育儿童没有丝毫帮助为由，希望我以后少来串门。

不过，直到今天，我依然顽强地出入他们家，为的是那些俯拾皆是的爱与段子。

不想当DJ的小哥不是好理发师

第一次

我们这里别的不多，唯独理发店密集到“五步一岗十步一哨”的程度。不过，你要是问理发技术哪家强，那还真是难解难分，因为感觉都很烂，以至于我想不起哪怕一次满意的理发体验。通常我都是打一枪换一个地方，每次去不同的理发店。

给我印象最深的一家理发店在南京。不是有感于他们的服务，而是经过店门口时，门上的霓虹字幕正播着豪气干云的一句：“干！”

当时看得我大惊失色，心想就算是特种营业的理发店也不能这么露骨啊！观察了一分钟后，才发现全文其实是“招聘理发师与店员若干”，先前我看到的正好是句末的那个字……

最恶劣的理发经历是这样的。

我经过一家荒僻的小店，心想给理发师一个机会吧，万一有惊喜呢?

进去之后，那理发师正在吃荔枝，完全没洗手就欢天喜地地把我按在位子上！五分钟内就剪完了啊！真的只有五分钟啊！四周满是荔枝壳，脏得要死！完了还不给洗头！我提出洗头要求后，他就跟谋杀一样把我按到水池里冲了冲，还不用洗发水!

我怒火中烧地表示抗议，理发师居然谎称用了洗发水，但是量太少不起泡，气得我大骂，“你以为这么会儿工夫我脑子就进水了吗？！”

我气冲冲地回到家，妹妹见到我就惊呼：“你是不是去了××理发店？”

“你怎么知道？”

“你回来得太快了！那家理发店是以快闻名的！”

然后老爹也出来说：“××理发店手艺特别差，我领教过的!你怎么这么倒霉，去了那种店啊！”

“够了你们两个！知不知道这是在往伤口撒盐！”

当时家里的电视在播一部偶像剧，男主跟妹子吵架了，怒火中烧，就打电话约哥们儿打篮球，当时他是这么说的：“喂，你人在哪里？我要找你发泄一下！”

……

呃……我也好想找谁发泄一下。

爷爷打来电话："听说你在××理发店理了个很不满意的头，我特地来安慰你一下。跟你讲啊，其实那家理发店也没你想象的那么差的，我和我一些朋友都爱去那里。"

"……你根本不知道怎么安慰人！"我怒斥爷爷。

我对爷爷说："那理发师就是很恶心！给我理发之前还在吃荔枝，还不洗手！"

爷爷不以为然地说："那有什么，上次他给我理的时候还在吃油条咧。"

"……这么纵容他，真的好吗？！"

"我是觉得反正待会儿都要洗头嘛……"

跟爷爷没法沟通。

后来我偶然得知，那位技术超烂的理发师是老家村子里的街坊，怪不得爷爷如此宽容。爷爷说："昨天我路过他的店的时候，还跟他打了招呼。"

我问："……打什么招呼？！"

"我跟他说，我孙子前几天来理过发吧？劳你费心啦。"

"爷爷……你是故意的吗？"

过了两天，我出门复印个东西，又路过那家坑人的理发店。那理发师在门口边嗑瓜子边对我说："小弟，理发不？"

我当场爹毛，指着脑袋说："这不就是你那天给理的嘛！"

“哦，是你啊，都认不出来了。”

“废话！我现在也经常认不出自己！”

也许是因为有了如此恶劣的对比，当我遇到接下来要说的这位理发小哥的时候，倍感他是人品与技术俱佳。

当时，我的头发长长了，又一次鬼使神差地进了一家陌生的店，结果里面正播放着韩国舞曲，感觉非常吵。脸上有痣的年轻师傅边干活边哼哼，时不时还微妙地扭一下腰晃一下脑袋，好嗨的样子！

我总感觉，他会冷不丁拿剪刀朝客人的动脉扎一下……

最后帮客人吹头发时，他把个吹风机当麦拿着，一只手唰唰嚓嚓地在客人头发里削来削去，感觉就是在打碟！真想问问他是从哪里退下来的DJ。

既来之，则安之，反正也不可能比上次那师傅更烂了吧？

结果没想到，轮到我时背景音乐发生了改变，一再重复着突突突的昂扬旋律。

好可怕啊！我感觉自己随时会被理发小哥一剪子凿死！正担心着，突然脑门一凉，见血了……理发小哥满屋找创可贴——他把自己指头剪了……

重新开始理发后，我劝他别再放节奏这么强的歌了，他就换了一组舒缓的曲目，抱歉地说：“我不听音乐干不了活……”

听了他的解释，我忽然就气不起来了。

在舒缓曲目中工作的小哥，手法细腻，神态认真，拿剪子和梳子时，小指甚至曼妙地翘着，给人一种谜一样的安心感！

于是，我不禁提出发型的要求，结果理发师冷笑了一声，表示不屑，“造型！你需要造型，懂吗？”

没他专业，只好随他操作。眼见他越剪越多，我不安地扭头道：“哎，我说……”

“不要动！”他揪着我的头发，厉声吼道。

“吓到我了！刚才不是这么凶的啊！”

剪完头发，要洗头了，小哥很贴心地扶着我的脖子，让我在洗发椅上躺下，全程轻声叮嘱：“来，小心，头放在这里，再上来一点，啊，膝盖可以不用弯起来，我不是要对你公主抱……”

这会儿又温柔起来了！真、真是拿你没办法呢……

当我躺下，与理发小哥近在咫尺，用一个躺着的角度看他时，没来由地忐忑起来，呼吸急促，心跳加速，眼睛也不知不觉地闭上了。

等等……我在干什么？

洗毕，坐起来吹头发，店内开始播《你把我灌醉》。

我随口问：“这不是黄大炜版吧？”

理发小哥听了听，说：“不是。”

“谁的？迪克牛仔？”

“不对，声音太温柔。”他关掉了吹风机，细听，深思。

我说：“谁的都好，继续干活啦。”

“别吵！”他低吼完继续想，“不行，还是想不起。”然后就索性打开电脑搜索，最后得出结论，“沙宝亮版。”

请把干劲儿用在工作上。

最后都弄完了，照照镜子，意外地觉得很不错。虽然这家店客人不多，但越是这样越会用心对待每一个顾客。虽然理发小哥有一些怪癖，但这才个性啊！我决定下次还来这家店剪。

虽然我对发型满意，但第二天起来一看又觉得好丑，这大概就是理发店的奥妙。

只要看到我不是理了光头回来，我的家人就必然会说：“你根本没剪嘛！”

第二次

又去那家理发店了，一位女顾客正在做拉直。

店里仍旧各种播歌，理发小哥依旧边剪边跟着唱，情绪上来了，身子还会有节奏地摆动，让人特别担心会有刀起头落的可能性。不过，那位女顾客特别淡定，听了一会儿还叫道：“哎呀，《小苹果》腻死了，换一首吧。”

理发小哥只好过去换，女顾客又叫道：“哎呀，这不是韩版

《流星花园》的主题曲吗？我喜欢！你这里有没有《继承者们》的主题曲？！”

理发小哥说：“没有。”

女顾客说：“那你下载一个嘛！可好听了！”

某种程度上，这也算满足了理发小哥的DJ梦吧！

理发小哥与女顾客闲聊，原来他年过三十并且已婚。

女顾客说：“看不出啊！”

理发小哥笑道：“看不出三十？”

女顾客说：“看不出有人会嫁给你。”

我要是理发小哥，就将这女的削发为尼。

女顾客对理发小哥说：“其实我家那边有理发店，但我还是很喜欢来你这里理。”

闻言，我插嘴道：“我也是。”

女顾客说：“主要是他已经很熟悉我有什么样的需求了。”

我说：“是的，这种放心把头发交出去的感觉特别好，而且他确实也理得不错。”

女顾客说：“有一种进了高级会所，然后指定熟悉的美发师给自己服务的感觉。”

我说：“你看这店这么小，几乎都能算家庭美发厅了，而他就是私人美发师。”

女顾客说：“何况他只收十块！”

本来还听得有点暗爽的理发小哥，忽然就泄气了。

女顾客是厦门人，理发小哥就用闽南话赞美她："客人，你太岁啦！（太漂亮）"

女顾客娇嗔道："你好大胆子，竟敢在太岁头上动土……"

理发小哥帮女顾客吹头发，女顾客看着镜子，突然喊道："哎呀，这个头发飘起来的效果特别好。"然后就掏出手机自拍，发现效果不如预期，就让我帮忙。

于是，店内就出现了以下的场景：

理发小哥手持吹风机在后面左吹右吹，女顾客一脸神魂颠倒头发左飘右飘，而我拿着手机左拍右拍。

女顾客，我们好像没有那么熟啊！

下一个就轮到我了。小哥操作我的头发时，我的头总是情不自禁朝他偏移。

理发小哥说："你头不要靠过来。"

我说："你扯着我的头发，我才会不由自主靠过去。"

小哥说："你再靠过来，我就要剪到我的胸毛了。"

瞎说，你又不是光着膀子在工作！

理发小哥数落着我头发的种种缺点。

我说："你这差不多已经凑齐五大受损了吧？倒是给我一个对策啊！"

说完，只见理发小哥手起刀落，问题解决了。

理着发，想到个小说点子，觉得应该记下来，于是就掏出手机，但又怕头发掉在上面，便把手机举得远了些。理发小哥停下剪刀，把头凑在了我的耳朵边。

我：……干吗?

理发师：不是要自拍吗?

我：……谁要自拍啊!

理发师：哦，有些客人会剪着剪着就自拍起来，我以为你也要。

我：……就算我也要，你干吗入镜啊？！

头上有一撮头发如呆毛翘起。

我对理发小哥说：“我喜欢这卓尔不群的一撮，很符合我的审美观。”

他看了一眼，一剪刀完事儿了，酷酷地说：“但不符合我的。”

鬼！恶魔！禽兽!

我问理发小哥：“我右边的头发会稀疏吗？”

小哥：“你这么年轻怎么会担心这个？”

我：“前几天有人这么跟我说。”

小哥：“我不觉得，你肯定是被骗了。”

我：“你这么说我就放心了。”

小哥：“稀疏的根本是左边嘛。”

（理发小哥说完以上两句，哈哈大笑。）

我：“……”

小哥：“开玩笑啦（哈哈哈）！”

笑个屁！给我好好理！

理着理着，小哥忽然一个手抖，动作凝固。

我不安地问：“咋了？剪坏了？”

理发小哥喃喃地问：“但你已经习惯被说稀疏了吧？”

“鬼才习惯啊！你干了啥？！”

“哈哈，骗你的，没事啦。”

专心理发！不要玩弄客人！

有时，我会提醒理发小哥，刘海别忘了剪短点呀，后面记得剪呀，哪里哪里还太厚呀……他就不耐烦地说：“你不说我也会剪的，但我剪之前你就先说了，变得好像我是被你提醒才想起来似的。”

我于是闭嘴了。结果临到剪完，说好要剪短的鬓角还是没动，而他已经在给我脱理发围兜了……

我忍无可忍地说：“鬓角啊鬓角！果然，你还是忘了吧？”

他特别自然地把脱下来的围兜顺势一抖，又给我围上，冷冷地说：“我说剪完了吗？”

好吧，都是我不对……

我快理完的时候，一位妈妈带着女儿进店。

在问了小哥还要等多久之后，那个妈妈对女儿说：“妈妈没带钱，我们回去拿了钱再来吧。”

女儿说：“妈妈，你回去拿吧，我可以自己在这里等。”

妈妈说：“不行，有人把你抱走了怎么办？”

女儿说：“那你给我买肯德基嘛，我吃得胖胖的他们就抱不动了。”

骗吃骗喝，有理有据。

老爹打来电话问何时回来吃饭，我回答完挂掉电话。

理发小哥说：“跟爹妈住就是不自由吧？什么时候起什么时候睡都得被管着，还好我早早地搬出来独立了……”

然而临走时，我分明听见他拿着手机，瓮声瓮气地对那头说：“嗯，嗯，我今晚会早点回家的，宝贝，你别生气了……”

独立的你，开心就好。

第三次

冬季的某一天，去相熟的理发店理发。进店的时候理发小哥正在操作一位客人，见我进来，他指指一张椅子，让我坐着等会儿。

我坐了下来。对面的台子上摆着一个模特儿的木脑袋，头发披散下来遮住半张脸，一脸的生无可恋，且死不瞑目。

我要求换座位。

因为已经持续光临这家理发店半年之久，所以跟理发小哥也蛮熟的了。我告诉他我拿到驾照了，他说他最近也在考。

我问："你觉得好考吗？"

"不好考！特别是倒车入库那里我完成得特别差。"

"是啊，是啊，我也最怕这个了。"

"我考科目二的时候，从后视镜看到车子快压线了，就赶紧猛打方向盘……"

正用一块毛巾给客人擦头发的小哥说到这里，特别激动，竟隔着毛巾揪住那人的头发，来了个猛扭方向盘的动作，客人随之发出了车祸般惊心动魄的惨叫。

我在家一般都是穿睡衣睡裤，出门时因为天气冷，会披一件羽绒外衣在外面，结果我出门的时候只记得把睡裤换掉了。

于是我脱下羽绒外衣，准备理发的时候，发现里面竟还穿着睡衣。

小哥沉默了一会儿，温柔地给我套上理发围兜，说："这样就看不到了。"

你要是真善解人意，就连这句话也别说啊！

小哥揉着我的头发，皱眉说："你多久没洗头了？纠结成这样。"

我说："刚才来的时候下雨呢，淋到了。"

"不，这么油不会只是淋了雨。"他做了个深呼吸，"至少两天没洗！”

“答对了，不愧是专业的！”

“你下次给我洗了再来！”

边理发边聊天。

我问小哥：“你知道要怎样才能成为一个日理万机的人吗？”

理发师很好奇，“怎样？”

我故作神秘地说：“开一家理发店，招牌写上‘本店只欢迎基佬’。”

理发师大喜，“……那我的理发店生意得是多好！”

这家理发店的特色就是永远在播歌。

我问小哥：“你听歌有标准吗？”

他说：“没有，下一堆，随便听。”

我说：“我还以为你会根据进店客人的气质来决定播什么歌。”

他说：“哦，那你等会儿。”

然后，他去柜台后面操作了一下电脑，过了一会儿，店里回荡起《杀马特遇见洗剪吹》。

太、太过分了！

跟理发小哥说了一些话，他回应得心不在焉，我以为他没听见，正要重复，他皱着眉，将手指竖在唇边，“嘘……”

我赶紧闭嘴，店里只剩歌声回荡与剪刀咔咔。半晌他才长出一口气，很兴奋地问："你觉得刚才那首歌怎么样？不错吧？"

"我认真反省自己是不是话太多时，你却在给我品味歌曲？！"

小哥抚摸着我的头发说："你这块头发变少了。"

我吓一大跳，说："不会吧，是不是发旋之类的？"

小哥说："不，就是有点少。"

我更害怕了，心想，难道是用脑过度压力太大，所以染上了圆形脱毛症？

小哥见我很认真地害怕，安慰说："没什么啦，可能只是梳头方式导致的错觉。我以前有个客人也跟你一样，哪里头发少了一点就紧张得要死。"

我问："那个客人现在怎么样了？"

"前阵子见到他，已经秃得差不多了。"

喂！你这是在安慰我吗？

理发的过程中，小哥的一个老友来了。

老友问："还要等多久才轮到我？"

小哥说："再有一会儿就好，你自己先把头洗了吧。"

老友就去洗头，叫道："水好冷啊！"

小哥说："你手边有个开关，往左拧到底。"

老友照办后大叫一声："妈呀，你想烫死我！"

小哥大笑。老友洗完了喊小哥丢个毛巾过来，小哥就丢了。

老友擦完说：“怎么这么臭？”

小哥解释说是擦脚的，老友惊恐地把毛巾砸了过来。

小哥说：“骗你的啦！”说完之后，狂笑不止。

“你给我专心干活！”我幽幽地表达了自己被忽视的怨念。

终于理好了。我躺到个台子上，脑袋放到池子里，小哥过来帮我抓抓洗洗。

忽然，他用手指在我肚皮上戳了一下，说：“好像变大了。”

“关你什么事！我最近吃多了不行吗！就说让你专心干活啊！”

头洗好后要吹，以及再修修补补。

小哥嘟哝道：“右边鬓角长了点。”

我说：“是哦。”

他就继续帮我吹啊吹，完了拿起剪刀照着左边鬓角就剪。

“等一下，长的不是右边吗？！”

“啊？啊，对。”

“……”

总之，现在我两边鬓角都短短的……

我理完了，轮到小哥的那位老友。他好像等得不耐烦了，正在抽烟。

小哥走过去，拿剪刀咔嚓一下把他的烟头剪掉了，然后对着目瞪口呆的老友微笑说：“开始剪啦，别抽了。”

这种基友一般的亲昵感到底是……

我从椅子上下来，一脱理发围兜，露出里面的睡衣，那个老友立刻发出一声响亮的“噗”。

羞愤难当的我，付钱后夺路而逃。

在头发变长前，我和理发师小哥应该不会再见了！

第四次

头发又长了。本来情人节那天要去理，正好赶上理发小哥在锁门。

我说：“别啊，帮我理个发。”

他说：“不行，我要去约会。”

我说：“客人跟约会，哪个重要？”

他说：“你看我的动作。”

然后，他继续锁门，我非常伤心。

我不死心地问：“真的不给我理一下？为了找你理发，我可是三天没洗头了啊……”

他给了我一个中指。

居然有这种理发师！

一周之后再来理发，把外套脱下挂起来。

理发小哥说：“你穿这么多啊。”

我说：“冷啊。”

“是你体质不行，你看我！”

说完，他豪迈地将外套脱到胳膊肘的位置，向我展示里面的衬衫，还有衬衫里的背心。

理发小哥很热情，不过，谁想知道你穿多少啊！

理发小哥给我围上理发围兜，准备开剪。

我说：“不先洗一下？”

他说：“反正剪完也要洗的。”

于是开剪，还算仔细认真。忽然，他停下手，凝视镜子，然后丢下我走到镜前，以小而轻巧的动作剪掉一根鼻毛，回来继续帮我剪头。

“喂，你以为我没看见吗！好歹擦一下啊！”

他闻言安慰我道：“反正剪完也要洗的……”

“哼，你直接朝我泼粪算了！”

“何谓缘？”

“……”

“你避而不答，分明是还贪恋红尘！”

“……”

“我不能帮这样的你剃度。你回去吧！”

“……别玩了，喂……”

我开始后悔跟理发小哥建立这种能够互相吐槽的友谊。

必须承认，每次理发时，看着大片黑发簌簌落满膝盖，我就会情不自禁在心里背诵，“观自在菩萨行深般若波若密多时。”

这是怎样一颗虔诚向佛的心！

这家理发店的特色就是总要放音乐，这点万年不变。听着听着，就听到了那阵子红透网络的《Let It go》。

他很开心地跟着哼，“Let it go……”剪掉一撮头发。“Let it go……”又剪掉一撮头发。

我突然很怕自己理完会对着镜子叫“哎哟喂”。

剪完头是要洗头的。

我闭着眼睛在台子上躺了好一会儿也不见他来，于是我睁开眼睛，这时他刚好来到我的面前，然后就十分自然地在我的眼皮上一抹。

感觉很不吉利啊！

因为店面很小，门又开着，寒风吹进来冻死我了。

我说：“能不能关门啊，我快冻成狗了。”

他说：“什么？”

我说：“哦，这是网上的流行说法啦。比如说累成狗了、忙成狗了什么的。”

他若有所思地点点头，然后把一个纸卷丢出去，说：“捡回来。”

喂！

真的很冷。

他见我抖得如此厉害，说："别担心，我给你吹吹。"

他拿起吹风机，风直接对我吹来。

"啊……啊……"我惨叫。

"喔，不好意思，忘记调成暖风了呢。"他吐舌。

一定是故意的！

吹完头发也就结束了。

他贴心地指着我的衬衫扣子说："胸口开了。"

"我又不是女的。"

"你不是怕冷嘛。"

真是恶心的温柔！

理完发，我照照镜子。

我跟理发小哥说："鬓角还太长。"

小哥说："不会，这样刚好。"

我左看右看，还是觉得略长。

他说："不是看局部的，要注意整体的平衡感，平衡感你懂吗？"

我说不懂，他解释道："比如，杂技演员走钢丝不掉下去，靠的就是平衡感，这个懂吧？"

我说懂了，他欣慰地笑了。

等等！这就算解释过了吗？！我剪个头发，关杂技什么事啦！

把一个长久以来的疑问向理发小哥倾吐，“不知为什么，我总觉得理发店的镜子照起来显得我比较好看，回家照总是很难看。”

他回应道：“是的，你家的镜子是正常的。”

“……”

付账时候，理发小哥嘟哝了一句赚钱不易，我说：“当然，你技术很好，理一次才十块，比很多店都便宜。”

他若有所思，吞吞吐吐地说：“那个，照你说的，我从今天起多收五块不算过分喔？”我说：“不算……那我给你十五。”

他接过钱之后脸居然红了，还回来五块，说：“不要了，还是觉得有点过分，当我没说过……”

小哥，这样真的赚不到大钱的啊……

但不要紧啦，我会持之以恒地光顾的，头发长长后再见啦！

水花四溅的晶莹日记

游泳，不但可以锻炼身体，还能在泳池里看尽人生百态。对于一个儿童文学作家而言，更是近距离与小朋友们互动，观察他们、了解他们的好机会。

比如，有次我看到一个女孩在池子里乱扑腾，水花溅了一个男孩满脸，男孩就一边抹脸一边教训她，“你不要这样水性杨花！”

瞧，多么生动的用词呀！不过，好像有哪里不太对！

有次游泳，一个熊孩子居然把一个小猪毛绒玩具带进了池子。

小猪蘸饱了水之后显得更胖了。小孩抓住小猪，用力一捏，滋一下，小猪的双眼凸了出来，七孔喷水，好一把奇形怪状的水枪！过了一会儿，小猪就跟拧过的毛巾一样干瘦了，熊孩子就再次让它吸饱水，然后又用力一捏……

当时在一旁观看的我，内心充满了“放开小猪”的呐喊。

撞见俩男孩比憋气，小伙伴们在旁呐喊：“陈×加油！”“王×加油！”

忽然，有一个男孩恶作剧地喊：“陈×是笨蛋！”其他人被启迪思维，纷纷笑着开始喊陈×是笨蛋、王×是笨蛋……

不久，陈×小朋友憋不住先出水了，这失礼的助威让他一愣，反应过来后兴奋地登上呐喊“王×是笨蛋”的末班车……

嗯，男孩子都是笨蛋。

几个小男孩在泳池里打水仗，边打边呐喊，用词非常难听！

我忍无可忍地劝他们别这样，并解释说我在他们这个年龄的时候就不这么打水仗。

其中一个男孩问：“那你都怎么打？”

我起劲儿地示范起来，“冲击波！（推水）升龙霸！（泼水）飞龙斩！（劈水）……”

不等我示范完毕，男孩们就带着一脸的嫌弃游开了！

可是，打水仗毕竟是男孩的浪漫，是不可能根绝的！第二天，他们打水仗时的玩法是朝天上泼水并大喊：“散落吧！千本樱！”以及用力把水甩出的“月牙天冲”。

整个泳池里就听见他们的吵闹声。

我游过去问：“你们喜欢《死神》？”

他们点头。

“看到哪了？”

“刚进尸魂界。”

“喔，蓝染是大坏蛋，市丸银是好人但被他杀了，白哉死了但没死透，一护的刀变两把了……”

哼，惹怒大人的代价是很重的。

也曾看到过男孩和女孩因打水仗而爆发争吵。

女孩气道：“你再泼我，再泼我就扒你泳裤！”

男孩一愣，随后反击，“你扒我泳裤，我扒你泳衣！”

“你扒呀！有种扒呀！”

“你先扒！你先扒！”

00后已经开放成这样了吗？有话好好说啊！

又有一次，我看到一个男孩被一群男孩追打，绕池子跑了一圈，终于被堵住。

他跺着脚威胁，“你们再过来，我……我就跳下去！”

其他男孩狞笑道：“傻×，你跳啊！”

看着让人好揪心，救生员都忍不住过来干涉了。

这时被追杀的小男孩怒吼，“反正我的毒也解不了啦！”说完就义无反顾地跳了下去。

现在的游戏都有如此完整的世界观吗？

我忽然很想一起玩啊！

又一次看到他们玩游戏，阵容稍微有点变化，这次是两个女孩被大队人马追杀。

女孩甲照样大义凛然地说出那句经典台词，“你们再过来，我们就跳下去！”

这时，女孩乙忽然伸手一推，直接把女孩甲推到了水里。

“你干吗啦！！”女孩甲都快哭了，而女孩乙冷冷地说：“我是卧底。”

就说现在的泳池游戏实在太高端。

有一天，我看到一群小鬼在泳池里玩。

岸上有个男孩对他们叫，“我把这把钥匙丢到水里去，看谁最先找到！”说完他就把钥匙丢到水里去了。

然而，水里的那些小鬼都不理他，纷纷游开。

原来，他们不是一伙的。

我顿时觉得岸上的男孩好寂寞，就一下子扎进水里把那把钥匙捞起来，开心地对他说：“看来是我最先找到哦！”

结果那男孩一脸警惕地看着我，抢过钥匙，飞快游走了。

总之，我被一个被人群抛弃的男孩给抛弃了……

泳池里也不是只有男孩啦。某次我遇见个熟面孔，疑似中学同学，考虑很久还是决定打招呼，就从外号入手吧。

我问他：“哎，你是马拉松吧？”

他疑惑地打量我，“你是……”

我觉得八九不离十了，高兴地说：“是我啊，我是黄鼠狼！”

他露出一个惊喜的表情，然后说：“你认错人了吧？”

此后再游过他身边，我总觉得他憋着一股坏笑。

哼，谁规定外号不能叫黄鼠狼了？

经常出现在泳池的还有个刺青男，背上有一幅怒目金刚的纹身，样貌狰狞，让人觉得这人肯定不好惹，而且他还长得浓眉大眼、不苟言笑。

有一次，他的背上多了几块淤青，位置刚好是在金刚脸上，看上去就好像金刚被人打得鼻青脸肿似的。

那几天，我每次看到都会告诉自己不能笑，否则有可能沉尸游泳池……

光头，胸毛，肌肉，刺青男划起水如一块沉默的礁石。

一次游泳，他迎面而来，我紧急变道，感觉撞上了肯定会沉尸！结果他也改变轨道，眼看真要撞上了啊！

好死不死地，这时泳池放的音乐竟是“嚯！哈！嚯！哈！是谁送你来到我身边……”

虽然最后平安回来了，但我总觉得幼小的心灵受到了很大创伤。

有一个小胖子和一个小瘦子经常结伴来泳池，也经常打闹。记得去年初见他们的时候他们在划拳，小胖子输了。

小瘦子特别得意地说：“耶！你演日本鬼子！”

小胖子憨厚地问：“我要做些什么呢？”

“你说钓鱼岛是我们的！”

“钓鱼岛是我们的！”

“你放屁！”小瘦子猛地就把小胖子推下水去。

这种游戏方式真是太与时俱进了！

小胖子和小瘦子也打水仗，但玩法很奇怪，边吼亲属的名字边泼水。

小胖子喊爸爸，小瘦子就喊妈妈，小胖子喊爷爷，小瘦子就喊奶奶……喊一声泼一下。旁听的我满脑子单曲循环“妈妈的爸爸叫什么”……

当厮杀进入表舅和表舅妈环节的时候，两名男孩有点弹尽粮绝了。忽然，小瘦子灵机一动，怒泼道：“后妈！”小胖子顿时福至心灵，反击道：“干爹！”

你们真的想不出好听的必杀技吗？！

打水仗的时候，小瘦子总赢。他虽身无四两肉，但攻势凌厉，小胖子只能节节败退。一次，小胖子突发奇想，含了大一口水出其不意地喷了出去，喷了对手一头一脸……

小胖子得意地鼓掌大笑时，小瘦子冷冷道：“白痴，我刚才在水里拉尿了！”小胖子闻言变色，我则呛了一口水。

喂！为躺枪的人想一想啊，快告诉我这是假的！

小胖子和小瘦子吃饱喝足后下水了，这次他们玩一个塑料球，一不小心砸到我了。当时我整个人剧烈一晃，像一截木头一样栽倒在水里，脸朝下，就那么一动不动地漂着，宛如浮尸。

我心里期待着这俩熊孩子会因此震惊又恐惧，等了好一会儿，只听到他们在议论："你说他还能憋多久？""撑死十秒。"……

能不能稍微担心一下啊！能不能稍微担心一下啊！能不能稍微担心一下啊！

小胖子和小瘦子常玩互相背对方在水中徜徉的游戏，泳池里也经常响起他们讨价还价的声音。

"我都让你骑那么多次啦，你都没让我骑！"

"好好好，我骑完这圈就让你骑哈……"

有一次，小胖子感慨，"啊，如果这里是大海多好呀。"

小瘦子立刻说："大海没有底的，你踩不到底就要沉下去了！"

小胖子不服，"谁说大海没有底，不是有海底这个说法吗！"

小瘦子急了，"那你就去海底呀！你去呀！一个人去呀！"

我无法理解他们争执的点在哪里……

我悠然地游着，忽听身后传来"预备！开始"的声音。只见小胖子和小瘦子循着跟我相同的方向砰砰砰地打着水游来，他们很快超过了我，陆续抵达终点……

“耶！我赢了！你最慢！”获胜的小瘦子欢呼雀跃，失败的小胖子憋红了脸，忽然指着我说：“不对，他最慢！”

关我什么事啊！谁在跟你们比啊！

某天早上去游泳，到得早了点，就跟小胖子和小瘦子一起在门口等待。

好不容易门开了，小胖子带着小瘦子跑到柜台，指着正在旋转的烤香肠说：“就是这个，这个超好吃！”

小瘦子咽着口水说：“那我们一人两串吧。”于是我游泳的时候，他俩就在岸边香香地吃着，顺便观赏我的泳姿。

不想游就出去啦！神圣的泳池不是用来野餐的！

有次，小胖子和小瘦子不知道因为啥事儿闹翻了。当时我从泳池里上来，正准备去冲凉，发现只剩下一个隔间还空着。右边的隔间里，小瘦子在冲澡。

小胖子跟他说：“我们一起冲吧。”

小瘦子说：“旁边还有一个空着啊，别烦我，都说不跟你好了。”

小胖子有点垂头丧气地走向那个空隔间，关键时刻，我一马当先冲进去，占了位置。小瘦子看到了，叹了口气，对小胖子说：“你进来，我们一起冲吧。”

小胖子显得很开心。

又挽救了一段纯真的友谊，我真伟大。

某天泳池里有三个男孩比赛，他们的妈妈边喊加油边举着手机沿岸跟拍，结果不小心，走在最前面的妈妈停下脚步，被后面两个专注摄录的妈妈追了尾，三个人的手机争先恐后地扑通、扑通、扑通……

她们齐声惊叫时，游在最前面的男孩立刻停下来看向岸上，然后被后面两个小伙伴追尾……

真是重大惨案……

说起游泳池的背景音乐，有一次播的是《江南style》，池子里的小鬼们超兴奋。只见一个男孩扒了另一个的泳裤爬上岸去，伴随着挥缰绳的节奏挥舞着那条泳裤，然后在受害男孩忍辱负重上岸去抢的时候，用一颠一颠的骑马姿态跑远，全程都跟背景音乐配合得天衣无缝!

有一次，游泳池里来了几位外国游客，嗯，真的是游客啊。

他们长得如同鲁智深，满口外语，救生员说好像是印尼来的。诡异的是，他们都穿着衣服下水。上岸后见我要进更衣室，还集体立正，非得等我出来后才挨个儿进去……

这算什么？是特别羞涩还是印尼那边有禁止成年男子在人前露点的风俗习惯？

不过话说回来，这几个男人的白T恤被水一泡，紧紧贴着肉，乳晕、肚脐、胸毛，看着简直就像是一张敷着面膜的脸！

印尼男子之一，长发、浓眉、虬髯、胸毛、肚脐毛……理论上也该毛茸茸的小腿却不知为什么既白皙又光洁，让人油然而生一种烂尾的感觉……

看到那些印尼男子，我不禁想起了中东那些绝不在人前露脸而把自己包裹得严严实实、只露出一双眼睛的妇女。

这样打扮，她们全身上下只有眼睛那一块会被阳光晒到了吧！等到晚上她们脱下了袍子，其他部位的白皙肯定会把眼睛部分衬得仿佛打了黑条……

本来呢，看到那种人高马大、结实多毛的异域角色，人们总会下意识地抗拒的。可是当一位爸爸抱着个戴着猫耳泳帽的小女孩下水时，老外们不约而同地投来慈爱的目光……

某日，上面提到的刺青男带了好几个伙伴来游泳，清一色的光头刺青肌肉造型，看着好像帮派集会啊！

太可怕了，我都不敢跟他们有眼神交汇，偶尔从他们面前游过，我都担心会被拖出去先奸后杀！这个时候，不知死活的熊孩子居然把塑料球丢到了怒目金刚男的身上！

他抓起球仔细端详，目露凶光地瞥了熊孩子一眼，然后竟然把球递给了他们。在熊孩子们战战兢兢地伸手去拿的时候，他还像唐伯虎调戏秋香那样淘气地把球移开。

别这样啊，老大！你的形象完全崩掉了啊！

刺青军团躺在水里，脚搭在泳池边上，看上去像是一种独特的仰卧起坐。他们就保持着这样的姿势谈笑。这是邪教的修行吗？一定是吧！

我正频频观察着，那个戴着猫耳泳帽的小女孩忽然跑过去，挠了其中一个的脚底板，那人立刻嘿嘿嘿地乱笑乱扭起来，带着所有同伴一起掉进了水里。

可怕的刺青军团就这样被一个女孩秒杀了，不过看到他们浮出水面时的笑容，我忽然觉得这群人也许都是好家伙……

继续来说说关于这个夏天的话题吧。

记得有天吃饭的时候，新闻报道说美国西部的最高气温达54度，我顿时就觉得气温只不过40度出头的福州简直是宜居城市啊！

果然，有比较才有降温！

在这样的夏天，我依然坚持游泳，并且收获了大量见闻。

比如说，有位大爷教孙子游泳时特别起劲地呐喊着，“换气！大口！脚再用力点！头伸出来！换气！对了！头怎么又下去了！”

我不禁想起了接生现场……

那个爷爷虽然老态龙钟，感觉行将就木，但是一下水那叫一个生龙活虎，老当益壮！看他训练孙子，旁观者都不禁颤抖……

不过，老爷爷毕竟上了年纪，有些老眼昏花了。

有一次，一个小男孩游过他身边，老爷爷忽然怒吼道：“怎么姿势又是这样！说过多少遍了！”然后就是一轮咆哮加调教。那个小男孩完全不敢回嘴、不敢转身，就这么颤抖着游了一圈。

这时，他的孙子从厕所里出来了，问爷爷：“你在叫谁啊？”

爷爷一愣，这才知道自己训错了对象，不禁有些讪讪的，然后猛然一打水面，对着刚才那个男孩道：“怎么姿势又不对了啊？”

所以干脆将错就错是吧？爷爷还真的是霸道啊！

相较于爷爷斯巴达式的怒吼，他孙子走的是娇柔路线。每次爷爷让他自己游一会儿，他就会千叮万嘱，“如果我快死了，你一定要来救我！”“不要让我真的死了啊！”“你听到没有呀！你要回答我呀！”

……

这天，那对爷孙又在上演“如果我快淹死了，你要来救我啊”“别废话，快点游”的戏码。

每天低头不见抬头见，他们大概也认识我了。那个孙子在得不到爷爷的回应后忽然转头对我说：“他不救我，你救我好吗？”

我顿时有一种沉重的使命感，很中肯地告诉他，“我可能救不了你。”

孙子面若死灰……

越来越多的家长带小朋友来学游泳了，他们逐渐形成一个风气良好的圈子，会相互鼓励指导。那对爷孙更是个中翘楚。

孙子游泳时，爷爷在旁边叫：“加油！”

周围人就一起喊：“加油！”

“距离今天的目标还差十米！”

“还差十米！”围观群众真是谜一样的热血！

后来爷爷骂了孙子一句“笨蛋”，周围人也情不自禁一起叫“笨蛋”！

孙子号啕大哭……

“游到我这边来！快点！”

“不行！你离得太远了啦！”

“快点游过来！”

“真的不行啦！”

“快一点！”

“不行啦（哭腔）！”

……

由于爷孙俩的残酷训练看得太多了，为了追求新鲜感，我都自动在脑内转换成日语。

“哈压库！哈压库！（快点！快点！）”

“打咩！打咩！（不行了！不行了！）”

……

孙子老学不会游泳，爷爷就频频吼他，“看那个哥哥，游得多漂亮啊！你看那个叔叔，游得多漂亮啊！”

男孩伤自尊了，扭过头不理爷爷了。

忽然，爷爷来了句，“你看那个姐姐，长得多漂亮啊！”男孩闪电般把头扭了过去。

嗯，这个年纪的孩子就是坦率呢。

爷爷一边观摩孙子打水，一边跟两位胖胖的阿姨聊天。

他说：“这些小孩子骨瘦如柴，缺乏浮力，所以特别容易沉下去。你们大人就好了，身上这么多肉，很容易就浮起来了。”

两位阿姨呵呵地笑着，都不理他了。

有天我以狗刨的姿势游过爷爷身边，他忽然严肃地对我说：“我观察你好几天了，你游来游去都是狗刨式的，你就不能换个别的泳姿吗？”

听得我十分惶恐，可是，我就是热爱狗刨呀，但也不能跟老人对着干，于是我每次游过他面前时，都赶紧换成泳蛙……

好不容易等老伯走了，我松了一口气，继续欢乐地狗刨起来，内心充满了类似上课时做小动作的快感。

又有一天，那个孙子问我：“你游的是不是蛙泳？”

我不好意思告诉他是狗刨，就点点头。孙子放心地说：“我就知道我没有练错！”然后卖力地刨了起来。

糟糕，他爷爷大概会来跟我算账的……

日子有功，渐渐地那个孙子游得很好了，甚至可以主动对爷爷说：“我们来比赛！我演孙杨，你演朴泰桓！”

爷爷冷笑说：“你游得那么慢，我演孙杨还差不多。”

“我要演孙杨！我就要演孙杨！”

比赛的结果，孙子惨败，他到达终点后说的第一句话是“我演的是朴泰桓”。

嗯，你懂的，那阵子正是孙杨大显神威的时候。

戴猫耳帽、喜欢边泼水边嚷嚷“打死你”的小女孩也曾有过类似的体育情结。

大人们逗她：“我教你游好不好？”女孩迷茫地看看爸爸，爸爸说：“学好游泳可以当冠军哦！你知道冠军是谁吗？”

小女孩怯怯地说：“牛翔葛格……”

虽然明显搞错了项目，但有点微妙的感动……

曾经是英雄，永远是英雄。

泳池淘气鬼不少，但真正讨厌的就遇到过那么一次。

一个熊孩子在池边玩麻雀，把它反复摁在水里，十分残忍！

我看不下去，喊他住手，他却我行我素，我警告的声音和火气一起大了起来。这时，熊孩子的爹过来了，瞪着我，问：“吼我儿子干什么？他怎么你了？”

我说明了情况，他爹点点头，猛地倒提起熊孩子摁进水里，然后拎起来问：“好受不？”熊孩子号啕大哭。

熊爹冷笑，“不好受就对了，小鸟也不好受呢。”

如果每个做爹的都能这样，何愁熊孩子不灭绝啊！好评！

大部分时候，泳池里是没有那些火药味的，就算有也只是在竞争的时候才能闻到。

比如，有几个男孩，特别喜欢等到大人游泳的时候一起出发，跟大人一起游啊游，偶尔能够超过他们，就会特别得意。

有次我正游着，那个学有所成的孙子就从旁边咚咚咚地追了上来，我没有搭理，心想这些孩子可真幼稚。可没想到孙子居然很快就追上了我……

不行，这样输了岂不是显得我很没用？于是我奋力划水，迅速超越了孙子，抵达终点，正在得意呢，孙子居然立刻折返，又游回了起点……

猝不及防之下，我犹豫了一秒还是追了上去，结果孙子这一把游得顺风顺水，我竟然有点追不上他。关键时刻我及时醒悟，遂放弃这场无声的竞赛，游去了别的方向，留给他一个“哥才不屑跟你玩”的潇洒背影。

结果孙子独自抵达终点后，他的小伙伴们纷纷为他鼓掌庆祝。

我听到他们在说：“跟你比赛的那个人看赢不了你，中途就放弃了呢！”“他还故意装出无所谓的样子，好像没有在跟你比一样！”

现在的小孩太讨厌了。

那孙子学会游泳之后就越发放得开了。有次他爷爷忽然把一串红毛丹丢进了泳池，然后问孙子：“想吃红毛丹不？”

孙子点头，爷爷就指着深水区说：“想吃的话可以给你，去找吧，我把它们放到池子里去了！”

我正琢磨着这台词怎么有点耳熟的时候，孙子振臂高呼道：“我要成为海——贼——王！”

然后，两代海贼王就在救生员的训斥下捞红毛丹去了。

会水之后就能玩些更丰富的设定了。

有次那孙子软绵绵地泡在水里，勉强露出口鼻，虚弱地呻吟着，“救命……救命……”我忙过去问：“没事吧？”

他挥挥手，“不要你管，我在玩游戏。”了然的我就游开了，然后他一个人继续在原地，“救命……救命……”

游泳的魅力就在这里呢！

说些男孩之外的生物吧。有对情侣很是碍眼，笑声典型而响亮，经常坐在休息区的椅子上畅聊，然后到水里泡着畅聊，然后又坐到岸沿上畅聊，畅聊之外还偶尔打水仗，以及上岸的时候说“快拉我一把”。

你们根本不是来游泳的啊，游一个我看看啊！

那对情侣年龄很小，目测还在上初中吧！

小女生笑容羞怯甜美，挂着几片布，任由小男生搂搂抱抱，实在是……

我不禁脑补，这要是我女儿，作为爸爸，我绝不允许！尤其那个男生的笑容还很猥琐！当时我就恨不能过去给他一巴掌，怒吼，“闪开，让专业的来！”

啊……不对……说错了……

貌似那女生在下水不便的时候也照来不误。

她坐在岸边长椅上，与水中的男友遥遥相望，眉来眼去。

这算什么嘛，就说神圣的游泳池不是给你们晒恩爱的啦！

看不下去的我抱紧了怀里的浮板，说：“咱们走，别理他们！”

泳池的另一对组合是两个少男，一个毛毛壮壮的，像熊；另一个白白瘦瘦的，像羊。

熊男教羊男游泳，手刚碰到羊男的肚子，羊男就缩了起来，原来他很怕痒。熊男就不托他肚子，改去揽脖子，羊男又叫：“呵呵呵……不行啦，好痒好痒。”

反正只要熊男一碰羊男，羊男就浪叫不已，这痒点是有多低啊！终于，熊男的耐心用完了，抓着羊男的脑袋，把他摁到水里，狂暴地大骂，“笑！你再笑！”

好凶！好残暴！但是看着好有快感！

我曾目击羊男帮熊男戴泳镜，非常温柔而有耐心。

只见他仔细拨开熊男的头发，反复跟他确认：“会不会太紧？”“头发有没有卡到？”“有没有歪？”……

贤妻良母，也不过如此啊！

有这种感觉的不止我一个，自来熟的救生员也发表评论了，“呵呵，你看着好像个小媳妇哦！”

羊男闻言大窘，摆手说：“才没有！才不是！”然后忽然拉住熊男的眼镜，用力一扯，一松。

啪，泳镜跟弹弓一样弹回去，打得熊男发出嗷的一声，随即扑向羊男，一边怒吼一边将他往水里按……

有一种好好的一对儿被社会舆论给拆散了的错觉。

练仰泳的时候，熊男让羊男仰躺着，然后单手托住他的背。

“你别放手哦！”羊男很慌。

“闭嘴啦，仰泳很简单的！”

“你两手托好不好？两手！”熊男不厌其烦，就一手托后颈，一手托大腿。

羊男长舒口气，“这就对了嘛！”

“对什么对！这不就是公主抱吗！？”熊男做了个掀桌的动作，羊男沉了。

真、真是喜闻乐见的发展！

熊男不耐烦地跟羊男说：“怎么托你都不对，我不教了！”

羊男可怜巴巴地说：“不要这样啦……”

于是，熊男想出了一个类似易地而处、换位思考的策略，说：“不然，你来托我吧。”

于是熊男仰躺下去，羊男慌忙扶住他的腰部和后颈，熊男一边慢慢地让自己倒在水面上一边说：“看到了没有？我扶着你的时候差不多也是这样的。轻易不可能让你呛到水的……喂，有没有听我讲话啊？”

羊男这时憨厚地笑了，扶着熊男腰部的手动了动说：“你的腰上好多赘肉喔！”

熊男发疯一样从羊男手上挣脱，然后将他往水里按。

到底是被说中心事后的恼羞成怒，还是怪基友不认真啊……

我还在更衣室遇见过这俩。

当时，羊男跳着抖耳里的水，不小心滑倒，脑袋磕到置物柜，疼得直哼哼。

熊男见状哈哈大笑，说："你是多傻哦！抖水时先站稳是常识吧！你看我……"说着单手扶柜猛地做了个甩头动作，脑袋就直接砸上去了！好响一声！

然后，他们一起蹲地上，抱头哼哼。

这真是不是一家人不进一家门的节奏！

久而久之，羊男的游泳技术还是有进步的，他甚至主动对熊男提出比赛憋气的挑战。

熊男冷笑："跟我比？来！"

然后，他们就互相握住对方小臂，数着"1——2——3"，同时扎下脑袋，发出一声不负众望的咚！

熊男龇牙咧嘴地揉了会儿额头后，抓过正在呻吟的羊男，发疯般将他往水里按。

智障森林熊与羊！

偶尔这一对也有不游泳的时候，只见他们戴好泳镜，换好泳裤，走出更衣室，然后坐在池边的长椅上聊天，聊了差不多一个小时，起身离开……

你们是那么需要一个可以公然穿着裤衩聊天的场所吗？

虽然夏天热得不想外出，但每年夏天我还是要出去旅行的。秦皇岛、台湾、马来西亚、日本、柬埔寨、美国……都是夏天去的，时间少则一周，多则半个月。再回到泳池，不说物是人非、恍若隔世吧，但也别有一番感慨在心头。大概不会再遇到俩年轻男子不好好游泳而在泳池里鸳鸯戏水之类的事了吧？

结果还真的不一样了，俩男的……变成了仨……

那个爷爷在不需要继续调教孙子的情况下居然站队到熊男身边了。

爷爷说："水有什么好怕的，我就搞不明白！"

熊男说："就是啊！越怕才越学不会！"

"我小时候住在海边，都是直接下海去游！一口气游到一个小岛上！"

"虽然比不上您，但我也是从小在江里游大的……"

这俩越说越投机，简直就像是两个对自己的孩子恨铁不成钢而惺惺相惜的家长。

一旁的羊男听得不耐烦，对熊男暗示，"咱是不是游自己的？"谁知熊男一声吼："刚才就是在说你，还不好好听着！"

爷爷也说："这样吧，我来针对他展开特训。"

"那就拜托您老人家了！"

剩下的日子，我看到羊男被一老一壮严厉调教，频频呛水和挨骂，看得我笑到险些呛水。

正因为有如此繁多且出其不意的萌点，游泳才让人如此欲罢不能，必须一年一年进行下去啊。

小写手的那些事儿

我是一个写东西的，成天都要对着电脑，因为用眼过度，导致眼睛出了点问题。医生开了些眼药水给我，叮嘱我少碰电脑，但是不干活又不行，于是只好将稿子在心里编好，然后坐在电脑前用盲打的方式打出来。基本上用惯电脑的人都有不看键盘打字的本事，所以我的打字速度竟没有下降多少。

老爹见了钦佩不已，问："为什么你眼睛不舒服还能打这么快啊？"

我想了想，回答："眼疾手快。"

天气渐渐凉了，各大卖场纷纷开始进行毛衣的促销。

有些毛衣真心很好看，但是一瞅售价，我顿时倒吸一口凉气，居然比我的心理价位超出一倍多！

也就是说，原本打算买毛衣的我，也就只能买个毛了……

以上，是近期激励我好好写稿、多多赚钱的残酷案例。

莫言获得诺贝尔奖后，文学在一定范围内得到了重视。说起诺贝尔奖作品，我买过一本《我的名字叫红》，可惜资质驽钝，完全看不下去。

我亲爱的妹妹知道后，拍着肩膀安慰我说："不要勉强自己往Nobel上靠了，你就是个Nobody的命。"

我疑惑地问："Nobody？"

她拍着手唱道："I want nobody nobody but you（啪啪），I want nobody nobody but you（啪啪）……"

总觉得，我的智商受到了极大的侮辱。

写东西好辛苦啊，难免会有拖稿的时候。所以我每天不是在拖稿，就是在构思怎样拖稿。我的编辑KK对此非常苦恼。

一次，他非常严肃地问我："为什么老是拖稿呢？"

我也非常严肃地回答他："我觉得自己没可能成为一个人气作家，所以至少努力成为一个气人作家。"

KK果然就被气到了。

"从前有个作家，他患有很严重的拖延症，一天遇到个名医，终于治好了，然后他就饿死了。"

"……怎么会这样！？"

"因为他是个悬疑作家，总是将谜底拖到最后才揭开，自从治好了拖延症，他总是一开篇就忍不住各种剧透，于是他的书就没人看了。”

听完这个故事，KK沉默了很久，然后说：“你以为这样说我就会允许你拖稿吗？！”

关于拖稿这件事，我不是孤独的，KK催我稿子的同时也会不断跟我抱怨别的拖稿作者。

有次他说：“我有一个作者，写现实题材的，可是每当他给我列交稿计划，就会摇身一变，成为写幻想题材的……”

类似的诉苦听多了，还真有点同情KK呢！

KK说：“有好的作者要介绍给我啊，人才永远不嫌多。”

我想了想，想到自己一个大学同学写东西还有两把刷子，时不时也发表文章，不如介绍给KK好了。

跟KK一说，他说：“那敢情好，你那朋友叫什么名字？也许我听过。”

“他叫文必铿。”

KK表示坚决不要起这种名字的作者。文必坑？那不是太监专业户嘛！文章有开头没结尾，留下一个大坑！

形容运动会场面混乱用兵荒马乱，形容河流曲折用拐弯抹角，形容人说话手势多用指手画脚，形容小心地观察对方用鬼鬼祟祟，形容鸟飞向高空用拔地而起——这些令我自得不已的遣词造句，全部都被KK毙——掉——了。

不拖他的稿子能行吗！

好吧，就算我上面使用的修辞另类了些，但我绝对不能容忍一些唯美的尝试惨遭扼杀。那天我写了一个特别有爱的句子，KK又给废掉了。那个句子是这样的，“凌晨四点的公路，驶过一辆汽车。绝尘而过的喧嚣宛如拉链，将沿途的寂静分开两侧。”

“这句子哪里有问题，凭什么废掉它，”我质问KK。他平静地回了我一句：“拉链什么的，总不禁让我困惑是衣服上的，还是裤子上的。”

某个连载渐入佳境，KK发短信跟我说：“现在是最关键的时刻了！你一定要开足马力，再前进一大步！”

我收到他的短信非常高兴，可我当时正在天台上看风景，如果再前进一大步，我就会掉下去，于是那部小说只好坑掉了……

构思剧情时，我想要安排个杀手角色。

感觉杀手要有点怪癖才比较萌，于是就决定写那个杀手一向只在有月亮的夜晚行凶。

当被害人哭丧着脸问他：“为什么你一次又一次地在夜路上伏击我？”

杀手微微一笑，回答道：“月光下的你显得特别地好砍。”

不太对，冷艳高贵的杀手怎么忽然变成搞笑系的了！

我的另一位编辑是个女孩子，叫小葵。我比较喜欢她，因为她经常能带给我好消息。

比如说：“加你稿费啦！”

我听了就很高兴，就发过去一个可爱的表情，“谢谢！抱小腿！”

她说：“不对吧！不是应该抱大腿吗？”

“可是你小腿跟大腿一样粗啊！”

然后，貌似就没给我加了……

我曾在拖稿长达三天后才把作品发给小葵，然而小葵收到稿子后说的第一句话居然是感激涕零的“总算有个人按时交稿了”！

这句话的信息量实在太大，当时我的想法很复杂。

1.原来拖延了三天都算按时啊，那我下次就按照这个标准来拖。

2.原来不止我一个人迟交啊，并且我居然还是最先交的那一个。

3.小葵真是太惨了，以后还是应该（尽量）对她好一点……

有阵子，我参加一个征文比赛，后期需要网友投票。

为了拉票，我只得含羞将签名档改成了投票地址，外加一句可怜巴巴的“求票”，然后解除隐身并把QQ状态改为Q我吧，以确保每个有良知的人都能看到我的求援。结果第一个等来的居然是小葵。

这姑娘开口就说：“难得你自投罗网，这一期的稿子赶快交了吧。”

我再也不相信友情了。

拙作《邻家武圣》是关于古代武侠在现代生活的故事，我寻思着要不要加入一些诗词歌赋，那会显得既应景又有文化。小葵当场就贴了一首海子的作品让我学习一下，诗名叫《日记》：

姐姐，今夜我在德令哈，夜色笼罩

姐姐，今夜我只有戈壁

草原的尽头我两手空空

悲痛时握不住一颗泪滴

……

德令哈是一座城市的名字。海子的诗果然是文采飞扬，看完后我自惭形秽，于是立刻模仿着写了一首向他致敬，第一句是——老爸，今夜我在厦门哈。

小葵表示我不用在《邻家武圣》里加入任何诗了，会伤自尊。

偶尔也会遇到一些找你出书却又在稿酬上出尔反尔的编辑，让人很不高兴。于是，在一本新书准备出版而小葵来跟我谈版税的时候，我义正词严地告诉她："原来说多少就多少吧，不要变了。这两天我老遇到极品，约的时候条件开得很好，临签约又变卦，然后反复讨价还价地磨，很讨厌！"

小葵闻言，默默道："好吧，那我们维持原标准不变。"

"哎哟，你很好说话嘛。"我赞许道。

"嗯，本来我想把你的稿费再提高点的，但既然你不喜欢变……"

"请当我什么都没说！"

总之，遇到小葵这么好的编辑，你就嫁了吧……

人为什么会这么贱呢？一被小葵在QQ上敲就浑身发抖的我，在她很久都不理睬我后却又想念起她。

于是，我给她发去一条消息，“除了催稿，你完全就不理我了！果然我们之间就只有合作关系！”

她飞快地回来一句，“我每次跟你说话你都不耐烦，为了不惹你讨厌，我只好不和你说话。”

我：“借口！站不住脚的借口！你自己好意思面对这种借口吗？”

她：“你考虑过我的心情吗？想说话又不敢说，就跟暗恋一样！你暗恋过吗？”

“……休、休想用小清新来蒙混过关！”

身为一个作者，读者就是你的衣食父母，定期跟他们互动是很有必要的！我就经常跟读者互动。

一次跟一个小姑娘聊天，她可开心啦，不知不觉一小时过去，她忽然羞涩地冒出一句：“我憋了好久，还是想鼓起勇气问……我可以去上厕所吗？”

真是太天真可爱了，不过我脱口而出，“去什么去！不许去！”

小葵点评，“你的读者早晚都会跑光的！怪叔叔！”

可爱的小读者让我送她一本签名书，我就签了，还写上了赠言寄过去给她。

她收到后在QQ上跟我说：“你的字好丑喔……不过丑得很可爱。嘘，小声点，别让它听见。”

我说：“你应该说，你的字好丑喔，不过丑得很特别，所以特别丑。”

“我本来是想那么说的啦，但怕你的字听了伤心死了，那样世界上就没有这么丑的字了……”

小读者的确是蛮可爱的生物。

那位可爱的小读者刚上初一，可她居然向我请教买哪一款手机好，并表示自己的第一选择是苹果！可恨，现在的小孩都这么有钱！

我特别看不起这些对苹果唯命是从的脑残粉，就说：“苹果苹果苹果，人人都要买苹果，苹果的质量就那么好？”

小读者说：“那当然呀，我给你举个例子吧！恶毒的王后想杀死白雪公主，就卖给她有毒的丝带、有毒的梳子和有毒的苹果，前两样都失败了，最后还是毒苹果成功地放倒了白雪公主。”

嗯，好可靠的案例。真是一个后生可畏的年代啊！

“给我发一张你的照片好吗？”

“好的，请接收。”

“怎么一片黑乎乎的啊？”

“那是我的鼻孔呀！你不是要看近照吗？”

“……这也太近了！”

以上是我跟读者充满爱的互动，我真是个有求必应的好作者。

我加入了一个写手群，那里面写什么东西的都有，言情、玄幻、悬疑、科幻、校园、耽美、武侠、军事、历史、恐怖……加上我这个写童话也顺便写写小说和漫评的，基本可以涵盖国产文学圈的全部混饭方式了。积极的时候大家会干一些拼码字速度之类的事情，不积极的时候就会交流彼此的拖稿心得……

因为后者总能引发最激烈的讨论狂潮，所以前者出现的频率越来越低，越来越低……

有次我终于写完了稿子，很高兴地进群吆喝，“我的稿子写完了！”立刻有位写言情的嘲笑道：“真慢啊，简直跟便秘一样！”

我闻言不服：“但我毕竟拉完了啊！而且还是好大的一坨！”

这时又有一个写恐怖的插嘴道：“如果说成品是便便，那么大纲是不是就是屁？”

言情：“嗯！只能闻闻味道听听声音！”

恐怖：“我的文章现在连大纲都没有呢！只有构思！”

“那你连屁都不如！”……

总之，在这样的群里待久了，蛮想退出的。

这种群是绝对不能让编辑混进来的。

群里有个妹子，写言情小说的，这里就称之为小言吧。她八面玲珑，交际广泛，掌握着圈子里十分详尽的作者与编辑的联络方式，逐渐导致编辑找不到自己的作者时就找她的情况愈演愈烈。

因此我们经常可以在群里看见她发消息说：“A仔，B杂志的编辑催你了。”“C仔，D杂志的编辑说，你再关机装死，她就把你的手机号公布到基佬交友论坛去。”

我们对这个吃里扒外的叛徒恨之入骨，私下讨论要不要把这厮踢出去也不是一次两次了。

但我们终究没有那样做，要报复她实在太容易了……因为一旦她的编辑找不到她，总是会冒出至少十个写手提供线索。

“我看到她刷微博了！”“我看到她上人人了！”“她的马甲Q要不要我给你？”“她去逛街了！”

传说中的作茧自缚吧！

自由撰稿什么的，看似酷毙，实则苦逼，尤其是在还没有写出什么名堂来的时候，心理十分容易不平衡。所以有谁撑不下去了，我们都会为他打气，因为这是身为战友的义务。

比如，那天小言哀怨地说：“你看我们这些写言情的，总是泡着方便面写豪门高干……”我立刻安慰她：“别难过，总有一天你会泡着豪门高干写方便面的。”

小言表示她被我治愈了！

写稿写到身心俱疲，就在微博上抱怨了一句，“每次赶稿都跟赶投胎一样匆忙！”

不想，竟引来同行们的强烈共鸣。“对啊对啊！然后投稿就跟投河一样忐忑！”“被退稿就跟被退婚一样绝望！”“上稿就跟上坟一样想哭！”“出书简直就是出殡一般的人生大事！”……

说到兴起之际，一位编辑默默乱入，“各位大大，我去帮你们申请加稿费……”

新认识了一位写校园题材的作者，他的文风清新细腻，现实生活里却是个烟不离手的大烟枪。他眉飞色舞地描述边写作边抽烟是有多么带感。

我便不禁幻想，此人每当开始写作时，就先深深地吸一口烟，然后含在嘴里，噼里啪啦地打上一堆字，然后特享受地把烟吐出来，完了再深深地吸下一口，然后含在嘴里，噼里啪啦地打上一堆字，如此循环往复……

祝福他永不卡文吧，否则就死定了。

从小到大在现实中认识的人，只有我一个以写作为生。我的同学们不是自己做生意，就是传统的上班族。

我们偶尔聚会，聊起上学的时候，一个同学笑着说：“年轻时手头真的挺紧的呢！”

我问：“所以现在不紧了吗？”

大家闻言，思考，沉默，哀伤，摇头。

“这就对了，”我朗声唱道，“所以我们还是年轻的模样……”

“不过，写作这行还挺好赚的吧？”朋友们问我。

这可真是天大的误会！我连忙解释说：“我很穷的！而且写作一点儿也不轻松！我总是花好几天写好一篇稿子，然后反复修改，然后交给编辑，然后一直等着稿子被登，一直等着稿子被登……等，登，等，登，等登等登……”

“英特尔酷睿智能处理器！”朋友拍案道。

然后我们就开始聊IT了，这真是奇怪的话题转换方式！

我们边聊天边喝酒，有人渐渐醉了，说起了醉话。

那人向来是个仇富的，此刻只听他喃喃念着：“作为一个资深屌丝，老子跟富二代不共戴天。”

“有志气！”在座的各位纷纷称赞。

他受到鼓舞，更大声地说：“等着瞧吧，老子绝对不会让自己的孩子有机会成为富二代的！”

大家沉默。感觉他好像是在借机逃避成年人的责任啊！

聚餐结束，我回到家中。家人都睡着了，屋子里很静。我打开电视，又是相亲节目。

这是在讽刺身边没有女人的我吗？虽然感觉苦涩，但还是没忍住寂寞，继续看了下去，就当是在别人的幸福中寻找自己的领悟吧。

场上的男嘉宾正低头沉思。

一个画外音问：“四个人里，你到底选谁？”这幸运的家伙！竟有四盏灯为他亮到了最后！终于他抬起了头，坚定地说：“我选刘欢老师！”

……啊，原来我看的是《中国好声音》喔。

说到《中国好声音》，那真是前阵子我赶稿之余最重要的精神食粮。四个评委都很可爱，看着看着，我不禁脑补他们四人去演《西游记》会是怎样一个场景。

欢哥那块头当然要演八戒了。那英只好饰演唐僧，反正女唐僧又不是没有过。杨坤是挑担的沙僧，他年底前还要挑三十二场。于是每次妖怪出现，饰演孙悟空的哈林就会一拍大腿，“来，先自我介绍一下！你叫什么名字？”

正刷着《好声音》，KK又来催稿了。这次我欠他一篇悬疑故事，可我连一个标点符号都还没写呢。面对他的催稿，我只能顾左右而言他。

我说：“总觉得悬疑小说作者跟悬疑小说编辑之间的对话也该充满悬疑气息。比如，你猜猜，我这个月会不会拖稿？”

他沉默了一会儿，反问道：“不如你猜一猜，如果你拖稿，我会把你剁成几块？”

还是别玩了，快点儿赶稿子去吧……

一车一世界

虽然考了驾照，但我却迟迟未买车，公交车仍是重要的出行工具。

是的，公交车出行常常会带来各种困扰，而且在有些人看来这是经济不宽裕的表现，可我还是觉得搭公交车很有乐趣。坐在车上，我可以悠闲地浏览城市风景，也可以近距离观望人生百态，搜集到许多趣事。

比如有次堵车，大家百无聊赖地看窗外，看到一条标语叫“人参与文明”，不禁讨论起来这两样东西到底有什么关系。后来车开动了，大家才发现原来那标语是“人人参与文明”。

“妈妈，车来啦。”

“那是139啊，我们要坐的是140。”

“剩下那一站我们用走的呗。”

在公交车站，我不止一次地听到类似的对话。

一辆爆满的公交车进站了，很多人往上挤，有个迟来的男的疯狂拍门并且大叫，“开门，老子还没上去啊！”

司机无奈开门，那个男的奋力往上挤了会儿，此时外面有人叫，“又有车来了！空车！”

那人立刻大笑道：“傻逼才跟你们挤车呢！”说完转身奔向空车，结果空车停都没停就直接开走了。那人傻眼，再次奔向爆满的车，可惜，也开走了……

嗯，还蛮过瘾的……

搭一班永远客满的公交车。

一位老头子勇猛地跟年轻人一起朝车上挤，旁边一老太焦急地说：“别挤啊，待会就算没位子也会有人给我们让的……”

老头面红耳赤道：“你确定一定有人给你让？还不如靠自己！”

后来他们都上车了，双双被让座。

老太嗔怪地说：“我就说吧。”

老头嘟哝：“我还不是在帮你抢位子……”

我期待自己将来也能有这样的浪漫。

有时候公交车上太挤，只好让乘客从后门上车。从后门上车的人递上钱或车卡，让前面的人传去买单，这是公交车上的一道展现人人互助友爱的风景线。黑暗摇晃的车厢内，乘客们机械而随意地进行着传递。

忽然，车厢中部的一个大姐喊道：“哎，我的车卡怎么没传回来？”这顿时引起一阵小小的骚动，大家互相辨认之前传给了谁，又是否掉在了地上……半晌，车尾弱弱传来一句：“这是谁的卡啊？”

所以……是怎么传到那里去的呢？

车上太挤，难免忙中有错。

有一次，我在车上听到一声惨叫，“糟了！我把公交卡当硬币丢进去了！”当时觉得那人真粗心啊，可谁知道紧接着那人又叫了声，“糟了！我把银行卡当成公交卡了！”

拿回来后赶紧去看看脑科吧……

虽然有时候我会在公交车上感叹如果可以坐私家车是多么幸福，但每当公交车挤得不像话，我又会觉得有位子坐已经很幸福了……

公交，让人学会知足和感恩。

搭一班新开通的冷门的班车，车上乘客竟只有我一人，我随口对司机说：“人好少喔……”

司机说：“对啊，就你和我。”说完忽然歌兴大发，爽朗地高唱道：“你和我，心连心……”

谁要跟你心连心啊！师傅，专心开车啊！

公交车上摇摇晃晃，我旁边有个妹子好几次都站立不稳，险些摔倒。因为她穿着清凉，露肩又露背，我就想，这要是摔倒了，旁边的人想扶都不好下手……

正这么想着，她还真朝我倒过来了，我本能地两手十字交叉，对着她的背推了一把。妹子站稳了，回头可能想道谢，一看我的防御姿势，把什么话都咽了下去……

正义，并不需要道谢。

公交车上听到个妹子电话和人吵架，有一段印象很深。

“你说说我干吗要给你机会？照片是P的，学历是假的，满口谎话，你到底什么是真的啊？就连胖，都只是虚胖！”

这年头，虚胖都是错了？！

在座无虚席的车上等位，通过观察对比，选定一个频频翘首以盼、东张西望、坐立不安的乘客，感觉他分分钟就要起来了，于是站在旁边痴痴地等……

那样的心情，微妙得有点少女。结果我等到要下车了那人还没下，我不甘心地问了句，结果人家是奔终点站去的……当时我极度崩溃，耳边仿佛响起“你不是真的要下车……坐立不安只是你穿的保护色……”

公交车上前排座位都是老人、抱孩子的乘客、大包小包的乘客，此时又上来了一位老奶奶。车里拥挤，后排的想让座也不现实。

这时，一位老爷爷站起来，微笑着对老奶奶说：“请坐我这，我身体还不错。”

老爷爷当时那个“请”的动作，帅如邀舞的绅士。

搭公交车，车窗开着一道缝，觉得能透气就没关。

坐在我身边的一位先生忽然问："介意关窗吗？"

我说："不介意。"

他就把窗户关了，还温和地道了谢。过了会儿，他到站了，起身要下车，忽然想到什么，转身又把那窗户打开了，还冲我温和地点了点头，这才下车。

这就是绅士之间的互动吧！

公交车上听见俩中学生规划假期。

甲说："那两张数学卷子，你做完借我抄呗！"

乙笑嘻嘻伸手说："好呀，一手交钱，一手交……"

甲说："呸！"

乙说："谁要跟你交配！"

这剧情太快，我有点跟不上。

公交车上听到一个男生问："雄关漫道真如铁，下一句是什么？"

一个女生回答："我家彦祖美如画。"

哎，原句是什么来着……

车上俩妹子打闹。

一个张牙舞爪咆哮道："贱人！每次都挑我最丑的合照放！"

另一个乱扭着说："嘻嘻……怎样？你当人家绿茶是白叫的啊！"

这撕逼方式也是爽朗不已……

车上看到一个女孩坐着，一个男孩提着包站在她身边。

女孩对男孩说："你把包放我腿上吧。"

男孩说："重，放地上好了。"

女孩回答："那样多脏，我不怕重。"

男孩就放了，然后贼贼地说："我的头也好重……"

女孩看了他一眼，"放地上好了。"

淡淡的青春，纯纯的爱……

夜归的公交车上，有个位子空了出来。

女生甲对女生乙说："你去坐吧。"

乙拒绝了，说："站会儿没啥，又不是残疾人。"

甲说："你就是残疾人呀！"

乙说："我哪儿残疾啦？"

甲说："没胸。"

难忘听到这话的乘客齐齐转头围观的情景……

车上有个男生流鼻血了。

他女朋友手忙脚乱地找纸擦，"哎呀，你不要乱动，脸上都沾到了……"

男的很不爽地瞪她一眼，说："是谁害的啊？"

女生不高兴了，"你这什么意思？我说过你不能吃辣就不用陪我……"

男生继续瞪着她，“你老在我面前晃，才会萌得我一脸血！”

厉害，厉害！撩妹的高手，任何意外都是调情的机会。

在车上看到俩中学生模样的男孩坐在一起，他们身后是个女孩，老想把腿从座位下边伸过来。

男孩就抗议说：“喂，你很不文明啊！”

女孩说：“没办法，我太希望你们之间有一腿了……”

致我们终将变味的青春！

公交车上，朋友说我脸上有脏东西，我就按照他的指示擦，但老是找不准位置。朋友耐着性子指导了一阵，遗憾地说：“可惜这里人太多，否则我就能撒泡尿让你好好照照了。”

有这样一个关心自己的朋友，心里真甜。

公交车上有个大叔拿手机看《海贼王》，我看到之后特想跟他聊聊，因为我觉得大叔这把年纪了，在公众场合还能这般旁若无人，实在太有爱了。但我内心又很纠结，忽然跟他说话会不会显得很怪？而且该怎么开口呢？

“喔！OP（《ONE PIECE》中文译名：海贼王、航海王）！”“啊，这是两年后吗？”……他会觉得我自来熟吗？或许，他也在等待一个畅所欲言的同好呢！

挣扎了很久之后，我忽然想到个问题——我为什么要如此费心地跟个男的搭讪？

公交车上看到一对情侣。

大庭广众之下，男的不顾一切地一把搂住妹子秀恩爱，妹子娇羞地挣扎，结果摔他个四脚朝天。

妹子慌忙把他拉起来，嗔道：“你好差劲哦，手无缚鸡之力。”

男生尴尬地爬起来，拍拍屁股上的灰，没有再轻举妄动，片刻后想起什么，责备妹子道：“你刚才怎么可以说自己是鸡？”

有次搭公交车，车门一开，许多人往上拥，司机吼了声：“先下后上！”

人潮纷纷一缩，很快就有个人吼道：“这不是起点站吗？哪里有人下！”

司机也吼：“对哦！”

于是，人流继续拥入。

这算职业病吗？

在公交车上听到一对少女的对话。一个人用恨铁不成钢的口气对另一个说：“你当别人的情妇已经很丢脸了，居然还当成了之一……”

呃？信息量好大的样子啊！

朋友带我去个地方，我们搭公交车前往。

一上车，他就坐在了车内唯一的空位上，然后安慰我说：“没事儿，你站一站就到了。”我说好，然后……站了整整一个小时。

原来他说的站一站，是类似笑一笑的那种意思，而不是说我只要站一个站的意思……

又被母语骗了。

公交车上，我坐着，看到个在自己眼前晃动的……屁股，上面有俩口袋，口袋上面各有一个扣子，像俩眼睛，仔细一联想，这赫然就是一张滑稽的脸嘛。

怎么办？好想随手拍一下啊！但屁股的主人是个男的啊！这么拍下去真的不要紧吗？

把这种纠结的心情告诉朋友，他们纷纷好奇我为什么会对男性的屁股如此耿耿于怀。

我自己也想知道为什么。

表哥告诉我，他在公交车上看到个肤白貌美的女老外，很亲密地与一个其貌不扬的中国男子勾肩搭背。

当时表嫂就嘲笑地对他说：“看看人家多会泡妞呀，再看看你，啧啧啧……”

表哥：“……你是真的想损我吗？！”

公交车上，一个小女孩坐在我旁边，不久一个小男孩上来了，两人一副相见恨晚的样子。

小女孩主动给小男孩让座，小男孩婉拒了一下还是坐下了，然后小女孩在一边友爱地看着他微笑……

孩子的世界，真美好！

某公交车改了路线，在抵达我想到的那个车站之前得多绕一圈，但我不知道啊！

我问司机：“××站到了吗？”

司机头也不回，“还没到。”

“这……”

“我说了还没到！”

看司机挺暴躁的，我就闭了嘴。这时旁边一个女乘客轻声说：“明天再来试试吧。”

气氛忽然变得好奇怪，我们是房祖名和郭采洁吗？！

在车上听到一个妈妈问女儿：“‘赏心乐事谁家院’下一句是什么呀？”

相信条件反射地开始回想下一句是什么的不止我一个人，但我们还没想到，那女儿已经自信地脱口而出：“杀人放火美羊羊！”

连着念了几遍后，我也不记得原版了。

公交车上看到一位大婶给一个抱小朋友的奶奶让座。

奶奶道谢后，对小朋友说：“快谢谢阿姨。”

小朋友不说话，只是不好意思地往奶奶怀里钻。

奶奶说：“呵呵，还害羞呢。乖孩子，要谢谢阿姨。”

小朋友终于开口了，他扭扭捏捏但很认真地说：“大姐姐，谢谢你。”

大婶一脸“唔哦哦，这座让得值啊”的表情。

公交车上，有个爸爸抱着小女孩。

小女孩跟爸爸鼻子蹭着鼻子，特别可爱地唱着：“老爸，老爸，我们去哪里呀！”而爸爸笑着拍拍她的小屁股说：“当然是去医院打针针呀！”

于是，直到他们下车为止，整个车厢里都回荡着女孩的哭声。

为什么要剧透啊，这位爸爸真是的！

当然，公交车上偶尔也会有罪恶的事情发生。

有读者就给我留言说：“嘤嘤……两两，我在车上被流氓摸了，求安慰……”

温柔如我，赶快回复她，“摸摸。”

她立刻奓毛，“靠，别让我想起来！”

……好吧，是我不对。

有次我给一位带着儿子的妈妈让座，那妈妈说不用了，男孩却撒娇说：“我想坐！我要坐！”

妈妈训斥，“别闹，再有两站就下车了。”

男孩委屈地说：“我要坐，待会有老爷爷老奶奶上车，我才能给他们让座。”

哎呀，这从熊崽到少侠，画风突变啊！

公车上听到个女孩奶声奶气地对妈妈说："妈妈，我发现男孩子是站着嘘嘘的……"

当时感觉周围人的尴尬恐惧症瞬间全发作了，接下来她会不会问些更具体的呢？万一问了怎么回答呢？……正这么担心着，女孩又接着问："那他们也是站着嗯嗯的吗？"

角度太新颖，反应不过来……

公交文化甚至影响到了高考！

2015年某地高考作文题是根据材料写文章，材料是说一个刚上公交车的小男孩让司机等一下他妈妈，过了好几分钟，他的妈妈还没到，车上的乘客开始埋怨起来。这时身有残疾的妈妈拖着伤腿上车了，车内所有人都沉默了……

我觉得，要把这道题写出新意又不至于存在道德绑架的嫌疑，唯一的办法是把那位妈妈换成《特工学院》里的刀锋女……

当然，我也遇到过想搭公交车却没得搭的情况。

因为我住得离市区远，稍晚一点就没公交车了，打车则非常贵，遇到倾盆大雨我更是叫苦不迭。幸好，常会有一些热心司机停下他们的私家车，载我一程。为了舒缓乘客的情绪，他们有时还会播放农村减压重金属音乐。

我想，等我以后买了车，一定也要向他们学习，主动帮助有困难的人，并和蔼地跟人家说一句，"一个人十块，谢谢！"

后记

今天是这样过的。

早上七点，闹钟响了。没降温前我会再早起一个小时，然而现在是冬天，冬天早起仿佛英年早逝一样残酷，但早起工作比较有效率，而且早睡早起很健康，为此我不惜将闹钟放在不出被窝就绝对够不着的地方，强迫自己在冻死和吵死之间做出抉择。

起床第一件事，是在微博上分享一首民谣，与同样早起的粉丝们互道早安，这已成为一年来我们的苦逼默契。然后我边洗漱边听东野圭吾的小说，自从习惯了用听的方式看书，一切无需思考的时间就都得到了利用。洗漱完基本就清醒了，可以准备吃早餐了。

早餐一定要有咖啡。我爱咖啡，咖啡使我快乐。三合一速溶不健康，自己磨豆又太麻烦，所以现在多喝挂耳，自己加鲜奶和糖。咖啡的搭档每天随机，今天是杂粮饼干，完了吃个苹果。这期间会顺便看一本漫画。

然后去买菜。自己住之后，开伙就成为一种甜蜜的负担。昨晚翻菜谱看到鸡腿白菜锅，就它吧。家附近有多个超市，往返我都会快走，权作锻炼。

明确了需要什么食材，买菜也并不麻烦。半小时内搞定。回来后立刻收拾，该切切该腌腌。期间小说的朗读声始终未断。

这些都搞定才九点不到，接着就开始工作了。

手机是工作的大敌，越智能的手机越危险，所以我严禁手机连接新家WIFI，偶尔走流量上网，匆匆看一眼微信QQ就跑。没办法，我的自制力太差，只能这样强行戒网。不过我有一台本子能上网，它很垃圾，网速很渣，正合我意。

写作的效率嘛，很难说，顺利起来一天上万字都可能，不顺利可能连着几天打草稿。今天就是处于写写改改的状态。

因为想二月份去北海道，所以休息时间就做攻略，倒是可以名正言顺上网了，破电脑举步维艰，好生气哦，可还是要保持不让手机联网。

这期间可能会去厕所做一些不可描述的事，消遣方式是看小说，适度摄取文学养分也是很重要的！快的话（或者慢的话）可以干掉一则短篇。

不觉到了午餐时间，就着此前的准备开工，鸡腿白菜锅！结果我焖煮得有点过头，蔬菜太软了，倒也因此汤汁更鲜甜，味道整体还不错，默默记住这次的经验教训以备下次再战。

午餐后去散了半小时步，难得出了太阳。小区里本来有只亲人的野猫，好久不见它了，但还是边走边模仿着猫叫，它始终没出来，有点伤心。

散完步拿了快递回家，开始下午的工作，休息时还是做攻略，但一不小心又会开始聊天刷微博，看看，再烂的网速也拖不垮网瘾啊！不强戒怎么行！

晚餐比较简单，稀饭配剩菜。餐后会看两小时电影，这是我一天中最享受的时间。完了继续写作，争取在十二点前结束，洗澡上床。

这一天完成的东西——喏，就是你现在看到的这篇。我一直很苦恼，后记怎么写比较好，之前尝试了一下导师路线，煲了些“认清自己，接受自己”的鸡汤，然而在我先喝为快之后，发现果真能认清和接受自己，我就不该这样写啊！比起跟世界分享自己的见解与经验，我更喜欢和擅长的显然是记录与感受生活不是吗？

于是我痛改前非，重写成现在这样。过程十分愉快，下笔如有神。因为这是我最熟悉的题材，最自在的表述，是之于本书乃至上一本《一切安排都恰到好处》的贯彻始终。我喜欢感受平淡的惬意，挖掘日常的乐趣，一点点变化都会让我很珍惜，比如不下厨而下馆子、不在家看片而去电影院、不散步而去健身房等，更别说还不时有一场旅行来颠覆日常——那简直是恩赐！

曾被建议好好写写自己从“三流大专生”到“富豪榜作家”的经历，因为好像很励志，然而事实却是我这一路走来都蛮顺利，或者说，我这样没心没肺的性格是不会有真正的逆境的。我总是觉得每一天都有它的意义，每一个平淡的细节都隐藏着惊喜的可能，每一处焦头烂额的困扰，都还有苦中作乐的余地。

问题只在于，你如何看待。

我希望自己能用“说点儿不开心的让你开心一下”的态度过一生，那样，我即便挨打也不会真正倒下，即便哭泣也总会雨过天晴，即使失去也依然富有骄傲。由此，我定义了自己的世界是无聊还是有趣，就像所有人都可以决定自己的生活是否有意义。

不如就先从“认清自己，接受自己”开始？